드로즈 왕국 원정대

❷ 숲의 마녀와 마공 법사

드로즈 왕국 원정대 ❷ 숲의 마녀와 마공 법사

초판 1쇄 인쇄일 2024년 11월 15일
초판 1쇄 발행일 2024년 11월 30일

글·그림 강경수

발행인 조윤성
편집 이지혜 **디자인** 정은경 **마케팅** 이지희
발행처 ㈜SIGONGSA **주소** 서울시 성동구 광나루로172 린하우스 4층(04791)
대표전화 02-3486-6877 **팩스(주문)** 02-585-1755
홈페이지 www.sigongsa.com / www.sigongjunior.com

글·그림 ⓒ 강경수, 2024

ISBN 979-11-7125-774-4 74810
ISBN 979-11-7125-230-5 (세트)

*SIGONGSA는 시공간을 넘는 무한한 콘텐츠 세상을 만듭니다.
*SIGONGSA는 더 나은 내일을 함께 만들 여러분의 소중한 의견을 기다립니다.
*잘못 만들어진 책은 구입하신 곳에서 바꾸어 드립니다.

KC마크는 이 제품이 공통안전기준에 적합하였음을 의미합니다.
제조국 : 대한민국   사용 연령 : 8세 이상
책장에 손이 베이지 않게, 모서리에 다치지 않게 주의하세요.

드로즈 왕국

원정대

❷ 숲의 마녀와 마공 법사

강경수 글·그림

SIGONGJUNIOR

차 례

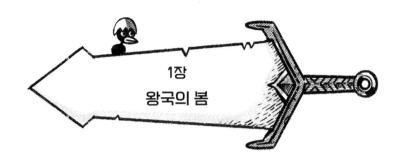

1장
왕국의 봄

"아바마마, 봄의 햇살이 아주 따사롭습니다. 이 나비를 좀 보십시오."

로키가 국왕과 정원을 산책하며 겨울이 끝나고 봄이 찾아온 것을 기뻐하며 말했다. 평소 제멋대로 행동하는 로키도 왕 앞에서만큼은 번듯하게 행동했다. 모든 아들이 아빠에게 인정받기를 원하듯이. 궁 안에 유리 벽으로 만든 정원은 햇살을 받아 갖가지 식물을 풍성하게 키워 냈다. 큰잎제나리, 야광초, 드로케일, 알타베테일 등 드로즈 왕국의 진귀한 식물과 꽃이 군락을 이루고 있었다. 로키 뒤에는 시종 핫독이 함께였다.

"허허, 그러게 말이다. 내가 없는 사이에 왕자가 이렇게 훌륭한 일을 해내다니. 겨울이 끝나고 봄을 다시 만나니 기쁘기 그지없구나."

밴드 국왕은 자애롭게 웃으며 왕자의 말에 맞장구를 쳤다.

"저도 도왔습니다. 국왕 폐하."

핫독이 말했다.

"하지만 중요한 대목에선 제가 다 했지요."

로키가 말했다.

"나에게 달려드는 나무 괴수 백 마리와 거친 바다 사나이 천 명을 한꺼번에 상대해서 겨울 마녀의 옷을 겨우 되찾을 수 있었다는 거, 핫독 너도 인정하지?"

"물론이죠. 제가 왕자님에게 날아오는 거대한 포탄을 막아 낸 다음이었죠."

로키는 한마디도 지지 않는 핫독을 째려보았고, 국왕 앞에서 공을 자랑하고 싶던 핫독은 먼 산을 보며 휘파람을 부는 척했다.

"허허, 대견하다. 왕자와 핫독이 힘을 합해 목표를 이루었고, 내가 없는 사이 나라를 위해 애썼다. 그러니 모두 칭찬받아 마땅한 것."

밴드 국왕은 수염을 쓸며 말했다.

그러면서도 어딘가 석연치 않았다.

"로키 왕자, 너는 분명 훌륭하게 모험에 성공했다. 그 부분은 높이 평가할 일이지. 겨울로 고통받는 모든 이들을 위해 문제를 인지하고, 모험을 떠나 탐구하고, 더 넓은 세상에

나가 활약했다. 하지만……."

국왕은 무릎을 굽혀 어린 왕자와 눈높이를 맞추고 왕자를 바라봤다.

"아직 너는 세상에 맞설 준비가 되지 않았다. 아마 내가 자리를 비우지 않았다면 그런 모험을 떠나게 하지 않았을 것이야."

"하지만 아바마마, 그런 걱정은 하지 마십시오. 저도 어린 애처럼 왕국에만 있을 순 없습니다. 온실 속 화초처럼 갇혀 사는 건 답답합니다. 제가 떠난 원정은 언젠가 왕이 되어 이 나라를 다스리기 위한 소중한 경험이 될 것입니다."

로키가 꽃과 화초들을 가리키며 말했다.

과연 로키의 말대로 화초들은 섬세하고 아름다웠지만, 그에 반해 여리고 약해 온도가 바뀌고 햇살이 없으면 금방 죽어 버리기 일쑤였다.

"저는 여기 있는 화초들처럼 편하고 안락한 생을 살고 싶지 않습니다."

로키는 근처에 있는 이빨엉겅퀴에 손을 갖다 댔다. 이빨엉겅퀴가 다가오는 로키의 손가락을 깨물려 입을 딱딱거리

자 왕자는 얼른 손을 거두었다.

"모험을 하며 배운 것도 많았습니다. 왕국 바깥에 다양한 생명이 있고, 그들도 우리와 다를 바 없이 행복과 평화를 바란다는 걸."

"그래, 하지만……."

밴드 국왕은 말을 삼켰다. 로키의 말이 틀리지 않다는 걸 알기 때문이었다.

"아바마마."

"왜 그러느냐?"

셋이 온실을 걸어 나와 입구로 향하던 중이었다.

"문득 궁금한 게 있는데…… 무슨 일 때문에 100일 넘게 궁을 비우신 건가요? 무엇이 그토록 중요한 일이었기에……."

로키는 자신의 모험처럼 국왕에게도 근사한 이야기가 있을 것이라 기대했다. 그러나 왕자의 말에 국왕은 조금 난감한 표정으로 턱을 쓸었다.

"다음에, 다음에 이야기해 주마."

국왕은 조용히 집무실로 발걸음을 옮겼다. 그리고 봄의 햇살이 아른거리는 창에 서서 드로즈 왕국의 바깥 풍경을 바라보았다. 우람한 몸과 상처는 그가 일국의 왕으로 편안함만 추구하지 않았다는 걸 보여 주었다. 사각의 얼굴과 심지 굳은 눈빛, 넓은 어깨와 그 위를 덮고 있는 늪지호랑이 망토. 20킬로그램이 넘는 강철 팬티 역시 왕족의 증표 중 하나였다.

잠시 후, 집무실의 문이 열리고 그림자 하나가 들어왔다.

"국왕 폐하. 여행을 무사히 마치고 돌아오신 걸 축하드립니다."

어둠 속에 몸을 드러낸 건 핀도르였다. 국왕은 여전히 창

밖을 바라보고 있었다. 핀도르는 조금 더 왕에게 다가갔다.

"여행은 즐거우셨습니까?"

핀도르의 물음에 밴드 국왕은 고개를 돌려 눈앞의 돌고래를 쳐다봤다.

"흠, 그래, 핀도르. 내가 없는 사이에 왕자가 엄청난 모험

을 했다고 들었다."

왕은 낮은 목소리로 말했다.

"네, 겨울을 끝내기 위해 왕자께서 직접 모험을 떠나셨습니다."

"자네는 왕자가 아직 어리다는 걸 잘 알고 있겠지? 그리고 어린 왕자가 드로즈 왕국을 벗어난다는 게 어떤 일인지도 알 테고. 그런데도 그걸 막지 못했다?"

국왕이 조용히 말했다.

"폐하께서도 잘 아시다시피 왕자님은 한번 마음먹은 건 하고야 마는 성격이라……. 다섯 살 때 롤리를 타다 땅바닥에 떨어졌고, 일곱 살 때는 유모와 결혼하겠다고 난리를 폈

14

고, 여덟 살 때는 발광메뚜기를 잡으려 밤에 성 밖을 몰래 빠져나가 문울프에게 쫓겼습니다. 저도 힘껏 말렸으나, 왕자님의 성정을 아시잖습니까. 저같이 하찮은 돌고래의 말에 귀 기울일 분이 아니시란 걸. 제 만류에도 왕자님은 핫독과 함께 롤리를 타고 모험을 떠나셨습니다."

핀도르는 깊은 한숨을 쉬며 말했다. 물론 그의 이야기는 사실과 조금 다른 부분이 있었지만, 국왕이 모든 걸 알 수는 없었다.

"그래, 로키는 그런 아이지. 그래서 더 두렵다네."

두 사람, 아니 한 사람과 돌고래 한 마리는 함께 궁의 통로를 걸었다.

"왕자의 드로즈가 한 장 사라졌더군. 누군가에게 줬다던데, 그건 중요한 게 아니야. 왕자에겐 드로즈가 필요하단 사실이 중요할 뿐이지."

국왕이 앞서 걸으며 말했다.

"그렇습니다. 그래서 제가 이미 준비해 뒀습니다."

핀도르가 옆으로 따라서며 말했다.

"왕국 최고의 마법사들에게 실크거미 털을 직조해 최고

의 드로즈를 만들게 했습니다. 하지만 왕자님의 팬티, 아니 드로즈를 만드는 일이 그리 쉽지 않아 시간이 필요할 것 같습니다.”

핀도르의 말에 국왕은 고개를 끄덕였다.

“그렇겠지. 그동안 아무 일도 없어야 할 텐데.”

핀도르와 헤어진 국왕은 걱정스러운 표정으로 왕국의 마법사를 찾아갔다.

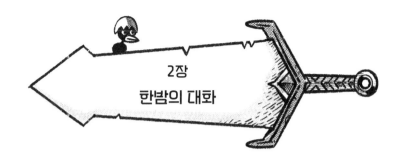

2장
한밤의 대화

바냐는 여전히 로키와 함께였다. 로키와 멀어지면 발목의 통증이 심해져 다시 왕자에게 돌아가야만 했다. 드로즈 왕국에 밤이 찾아오자 바냐는 로키가 침대에 누워 잠들기를 기다렸다.

"아, 오늘 밤은 참 밝구나. 이제 봄기운이 완연하고 곧 따뜻한 여름이 올 거야. 내가 아니었다면 큰일 날 뻔했지 뭐야. 그런 생각을 떠올리니 가슴이 두근거려 잠을 못 이루겠어."

로키는 말한 지 정확히 3초 만에 깊은 잠에 빠져들었다.

벌써 며칠째 같이 지내다 보니 로키가 침대에 누워 말을 시작하면 바냐도 움직일 채비를 했다. 침대 밑에서 그림자

처럼 스윽 일어나 왕자를 쳐다보고 인상을 구겼다. 로키와
보낸 시간은 짧았지만 바냐는 이 상황에 진절머리가 났다.
이 인간 꼬마는 바냐의 예상대로 버릇없고, 이기적이며, 허
풍도 심하다. 무엇보다 견딜 수 없는 건 가끔 망토 사이로
올라오는 방귀 냄새였다. 생리적인 문제로 다른 사람을 뭐

라 할 수 없었지만 로키의 그림자 안에 숨어 지내는 바냐에게 그 냄새는 정말 지독했다.

"어린 녀석이 뭘 먹길래……."

여러분도 엘프가 인간보다 훨씬 오래 산다는 걸 잘 알고 있을 것이다. 그러니 따지고 보면 바냐는 로키보다 배 이상 나이가 많았다. 바냐는 잠든 왕자를 보며 인상을 썼다.

"암소 그라탱. 그거 먹어서 그래."

로키가 말했다.

바냐가 흠칫 놀라 번개처럼 몸을 숨겼지만 잠시 후, 그건 로키의 잠꼬대라는 걸 알았다.

"야, 꼬맹이. 자냐?"

"어, 그리고 나 꼬맹이 아니다. 받아라, 발차기!"

로키는 잠꼬대하며 이불을 발로 걷어찼다. 그 모습을 보고 바냐는 어이가 없었다. 자면서 대화하는 방귀 냄새 고약한 꼬마라니. 어쩌다가 이런 신세가 되었는지 몰랐다. 하루라도 빨리 다크 엘프들을 쫓아도 모자랄 판인데. 바냐는 창가로 다가갔다. 하늘에 떠 있는 두 개의 달이 만월에 가까워지고 있었다.

"바냐, 이번 일은 정말 중요해. 우리는 그동안 네가 이룬 모든 성과를 잘 알고 있어."

바냐는 엘프 그림자 단장의 말을 떠올렸다. 그림자단은 엘프 연합 전체의 정보와 작전을 비밀리에 지휘하는 곳이다. 상처가 한쪽 얼굴에 깊게 파인 단장 '메아'가 바냐 앞에 서 있었다. 그녀는 밝은색 로브를 걸치고 어깨에 투명부엉이 깃털 장식을 두르고 있었다. 바냐보다 훨씬 크고 다부진 체격은 위압감을 주었다. 두 사람은 안개 숲의 비밀 장소에서 은밀히 이야기 중이었다.

"그래서 다크 엘프들의 행적을 쫓아야겠어. 그들이 노골적으로 우리와 불화를 일으키고 또, 그걸 빌미로 뭔가 벌일 생각이야. 그러니 네가……."

바냐는 여기까지 떠올리다 생각하기를 그만뒀다. 다크 엘프를 추적하는 일은 촌각을 다투었지만 자신의 상황을 떠올리니 그저 답답하기만 할 뿐이었다. 촛불이 꺼진 어두운 침실 창으로 달빛이 들어와 바냐를 비추자 투명한 피부가 영롱하게 반짝였다.

바냐는 턱을 괴고 창문 너머 밤의 드로즈 왕국을 바라봤다.

"더는 지체할 시간이 없는데…… 이를 어쩐다."

바냐가 나직이 말했다.

"그래, 이그니가 통돼지 바비큐 다 태워 먹겠네. 지체할 시간이 없지. 음냐."

로키가 잠꼬대하자 바냐는 다시 두통이 일었다.

"넌 참 좋겠다."

바냐는 로키에게 말했다.

"그럼, 좋지. 팬티를 세 장, 아니 두 장이나 입었는데, 음냐."

"그래, 참 부럽구나. 이 포포 대륙에서 어떤 일이 벌어지고 있는지도 모르고. 알고 싶은 생각도 없어 보이네. 걱정도 없어 보이고."

바냐는 창 옆에 서서 로키에게 말했다.

"나도 걱정이 있어, 음냐."

로키가 잠꼬대했다.

그 소리에 바냐는 로키를 바라봤다. 이 녀석이 진짜 잠든 것인지 자신과 장난을 치는 것인지 헷갈렸다.

어마마마, 보고 싶어요. 음냐.

"내가 드로즈 왕국의 왕이 된다는 게 걱정이야. 과연 잘할 수 있을지, 음냐. 그건 너무 커다란 짐이거든. 내가 왕국을 잘 다스릴 수 있을까? 기대에 부응할 수 있을까? 핀도르, 그렇게 가까이 오지 마! 음냐."

로키는 계속해서 잠꼬대를 해 댔다. 바냐는 로키의 이야기를 듣고 로키가 그저 정신 나간 꼬마가 아니라, 일국의 왕자라는 신분으로 무거운 짐을 짊어지고 있다는 것도 느꼈다.

뒤이어 로키가 나지막이 읊조렸다.

"어마마마, 보고 싶어요."

3장
윽, 방귀 냄새

밝은 빛이 왕자의 침실을 비추었다. 지난밤 바냐와 나눴던 잠꼬대 같은 건 존재하지도 않은 것처럼 모든 게 평소와 다름없었다. 로키는 잠자리에서 일어나 기지개를 켜고 몸을 이리저리 움직였다.

"좋아, 또 하루가 밝았군. 새로운 시작! 오늘도 힘차게!"

우렁찬 목소리로 왕자가 외쳤다.

"그런데 왠지 목이 칼칼하네. 뭔가 밤새 수다를 떤 기분이 드는군."

침대에서 뛰어내리며 로키가 외쳤다. 그러자 그 밑에 숨어 있던 바냐가 뜨끔했다.

로키는 침실 한쪽에 마련된 세면대로 가 기분 좋게 세수를 하고 양치를 했다. 양치를 마친 로키는 거울을 보며 자신의 외모를 점검했다.

"아니, 이게 누구야? 어쩜 이렇게 잘생긴 분이 거울 속에 있대? 이름을 알려 주실 수 있나요? 네? '겨울을 끝낸 사나이' 로키라고요?"

거울을 보며 로키가 떠들었다. 사실 이런 걸 뭐라 할 수 없었다. 누구나 욕실 거울을 보며 한 번쯤은 경험한 일이기 때문이다. 하지만 숨어 있던 바냐가 듣기에는 상당히 거북한 말이었다.

"뭐라고요? 이 햇살을 가져온 게 바로 당신이라고요? 믿을수 없어! 그럼 당신이 바로 드로즈 왕국의 영웅이시군요. 로키 왕자님."

로키는 세면대 위에 달린 화려한 장식의 거울 속 자신을보고 윙크를 했다. 몸치장을 마친 로키는 잠옷을 벗고 옆에놓인 의복을 챙겨 입었다. 그리고 빼놓을 수 없는 드로즈도착실히 바지 위에 입었다.

"역시 드로즈 두 장은 세 장보다 허전하구나."

로키는 밤색 털로 짠 드로즈를 추켜올리며 중얼거렸다. 조만간 궁정 마법사들이 실크거미 털로 된 드로즈를 가져오길 기다릴 수밖에 없었다. 그와 동시에 왕자는 아랫배에 힘을 주고 모닝 방귀를 뀌었다. 사람은 정해진 습관을 지키려는 경향이 있다는 걸 다들 알 것이다. 로키는 꼭 아침에 방귀를 뀌는 버릇이 있었다. 정해진 용량과 소음에 맞춰 엉덩이의 힘을 동반해 힘차게 뀌어야 했다. 물론 아무도 없는 곳에서. 로키가 아무리 제멋대로라고 해도 일국의 왕자였고, 생

리 현상을 아무 데서나 행사하진 않았다.

"아, 정말 지저분한 녀석이구나!"

어디선가 들리는 앙칼진 목소리에 로키는 두 눈이 휘둥그레졌다. 그리고 한편으로 살짝 부끄러웠다. 혹시라도 침실을 청소하러 온 시녀가 아닐까 생각했지만 '녀석'이라고 화를 낸 것을 보면 그건 아닌 듯했다. 앙칼진 목소리의 주인공은 모습이 보이지 않았다. 로키는 주변을 살피다가 침대 밑에서 그림자가 일어나는 것을 보고 깜짝 놀라 소리쳤다.

"으아악. 먼지 괴물 '크렁크'다!"

먼지 괴물 크렁크는 드로즈 왕국의 오래된 전설로 침대 밑에 살며 먼지를 먹고 덩치를 키우다 결국에 침대 주인을 잡아먹는 괴물이었다. 청소를 싫어하는 게으른 아이들을 위한 이야기였다. 하지만 침대 밑에서 모습을 드러낸 것은 먼지 괴물이 아니었다.

"어? 네가 왜 거기서 나와?"

지난번 숲에서 만난 엘프가 있었다. 로키는 두 눈을 비비며 침대 밑에서 솟아난 바냐를 바라봤다.

바냐는 불쾌한 표정으로 왕자를 쳐다봤다.

"설마 나를 노리고 숨어든 것이냐? 나를 암살하려고?"

으으, 냄새.

너, 너는...!

드 악

로키는 먼지떨이를 손에 쥐어 들고 방 안을 이리저리 뛰어다니며 소리 질렀다. 그러자 둘 사이에 묶인 보이지 않는 줄이 팽팽하게 당겨지며 바냐의 다리에 통증이 퍼졌다.

"아얏! 그만해. 이 바보 꼬맹이야."

바냐가 발목을 부여잡고 소리 질렀다. 그제야 로키는 뭔가 이상하다는 걸 깨닫고 자리에 멈춰 섰다.

"음, 생각보다 허약한 암살자로군."

"난 암살자가 아니야."

"그럼 왜 내 방에 있는 거지? 넌 지난번 숲에서 만난 엘프잖아. 아니, 생각해 보니 웃기는군. 분명 그때 목숨을 걸고 너를 도와줬는데 나를 해치려고 이렇게 숨어들어 오다니."

로키가 침대를 사이에 두고 바냐에게 호통쳤다.

"내가 말했지. 그런 게 아니라고."

"그럼 지금 이 상황을 어떻게 설명할 건데?"

로키가 말했다.

"나도 이렇게 나타나고 싶지 않았어. 네가 방귀만 뀌지 않았어도."

바냐 역시 화가 나 소리쳤다.

"뭐? 누가 방귀를 뀌었다는 거야. 정말 거짓말쟁이 엘프 구나!"

로키는 얼굴이 빨개져 외쳤다.

그때 로키의 고함을 듣고 온 핫독이 침실 문을 열고 들어왔다.

"왕자님, 무슨 일이십니…… 윽, 방귀 냄새."

4장
허약한 암살자

로키는 팔짱을 끼고 의자에 앉아 허약한 암살자 바냐의 이야기를 들었다. 바냐는 자신이 왜 여기에 있었는지 설명하느라 진땀을 뺐다. 핫독도 그 옆에서 따뜻한 차를 따르며 왕자의 시중을 들었다. 해는 정오를 향해 솟고 있었으며 밝은 빛이 로키의 방 안을 환히 비쳤다.

"음, 믿을 수 없는 이야기군. 그러니까 네 말은…… 앗! 뜨거."

로키는 핫독이 따른 차를 한 모금 들이켜다 소리쳤다.

"핫독, 나를 암살하려던 건 재가 아니라 너였구나. 차가 무슨 용광로 같잖아!"

로키가 소리쳤다.

"왕자님, 제가 분명히 호호 불어서 드시라고 말씀드렸는데요."

핫독은 억울한 듯 말했다.

"난 그런 기억 없거든."

"정확히 그렇게 이야기했어."

바냐가 핫독을 두둔하며 이야기했다.

"너는 그냥 뜨거운 차에 놀라 화풀이 대상을 찾고 있는 거잖아. 아무리 왕족이라도 예의가 있어야지."

바냐의 말을 듣자 로키는 화가 머리끝까지 뻗쳐올랐다. 어디서 굴러와선 아침에 방귀도 못 뀌게 하고 이래라저래라 참견하는 모양새가 영 언짢았다.

"야, 너 돌아가. 여기서 사라지거라."

로키는 조금 유치하게 굴기로 했다.

"나도 정말정말 그러고 싶거든. 그런데 내가 그러지 못하는 이유를 아까부터 설명했잖아. 이해가 안 돼? 내 발목이 마법에 묶여 있다니까."

바냐는 답답함에 소리쳤다.

핫독은 두 사람 사이에 불꽃이 튀는 걸 조마조마하게 지켜봤다. 엘프가 화내는 것과 왕자가 짜증 내는 것 모두 이해할 수 있었다. 다만 둘에게 이 상황을 조율할 이성이 바닥난 상태라는 게 문제였다.

"바냐 님, 바냐 님이라고 하셨지요? 저는 엘프들이 긍지와 고결함을 지니고 있다는 걸 압니다. 그래서 이런 상황이 꽤 힘드셨을 것 같습니다."

'자존심'이란 단어를 빼고 핫독이 정중하게 말했다.

"음, 정말 왕족에 어울리는 건 저 꼬마가 아니라 당신 같군."

바냐가 옅은 미소를 띠며 말했다.

로키는 그 말을 듣고 의자에서 벌떡 일어나 방 안을 쿵쿵 걸었다.

"왕자님, 잠깐 진정하세요. 여기 바냐 님의 이야기를 다시 한번 살펴볼 필요가 있습니다."

핫독은 로키를 달래 다시 의자에 앉힌 다음 차를 후후 불어 손에 쥐여 줬다.

"자, 그럼 다시 한번 정리해 보자면 지난번 겨울 숲에서 우리와 만난 후 몸에 변화가 생겼고, 어쩔 수 없이 우리와 동행하게 되었다는 것이군요. 그리고 이런 사정을 설명할 길이 없으니 왕자님의 망토 사이에 몸을 숨겨 이 자리까지 올 수밖에 없었다는 사정. 그렇지요?"

핫독이 차분히 설명했다. 그런데 바냐가 아니라 로키를 쳐다보며 말하고 있었다.

"왜 날 보고 말해? 내가 이해 못했을까 봐?"

로키가 소리쳤다.

그 모습에 바냐는 고개를 끄덕였다.

"그래, 맞아. 그래서 고약한 방귀 냄새를 맡게 된 거지."

바냐는 창가로 가 어깨를 기대며 침울하게 말했다.

"그럼 뭘 망설여? 핫독, 뭔가 방법을 찾아봐. 저 엘프랑 나를 떨어뜨릴 방법이 있을 거 아니야."

"그런데 왕자님. 이건 그리 간단한 문제가 아닌 거 같습니다. 드로즈 궁에도 마법사들이 있지만 아시다시피 지금은 마법의 힘이 약해진 시대입니다. 궁정 마법사는 최고 법사인 판비르를 제외하면 종이를 들어 올리거나, 촛불을 끄는 정도의 마력밖에 없습니다. 아무래도 평화로운 시대니까요. 이건 엘프의 마법으로 우리가 아는 것보다 오래되고

하-아.

35

마력도 매우 강력합니다."

바냐는 핫독이 일반 시종이 아니란 걸 깨달았다. 시종이라 하기엔 지식과 인품이 남달랐다. 로키는 핫독을 방구석으로 데리고 갔다. 저 바냐라는 건방진 엘프가 이야기를 듣지 못하도록.

"이봐, 핫독. 이거 굉장히 난감한 상황인 거 알지?"

"알지요."

"저런 여자애가 같이 있다면 정말 불편하다고. 가랑이 사이가 가려워도 참아야 하고, 방귀도 못 뀌고, 트림도 못 하고, 코딱지도 못 파. 그러면 난 점점 건강이 안 좋아질 거야. 스트레스가 사람을 피폐하게 만든다잖아. 넌 똑똑하니까 잘알 거 아니야. 그러니까 지금 당장 저 표독스러운 여자애를 쫓아낼 방법을 찾아야 해."

로키가 속삭였다.

"다 들리거든!"

바냐가 소리쳤다.

5장
숲의 마녀

엘프가 이리
무겁다니…

너도 많이
늙었구나.

후들

후들

로키는 이 상황이 난감했다. 엘프를 등 뒤에 달고 사는 건
꽤 고단한 일일 것이다. 만성적인 어깨 결림과 척추 측만증
에 시달리며 화장실에 가고 목욕을 하는 것도 신경 써야 했
다. 로키에게는 절대 달갑지 않은 일이었다. 어떻게든 이 상
황을 해결해야 했다.

"그러니까 나를 전혀 벗어날 수 없다는 거잖아?"

로키가 말하며 바냐와 되도록 멀리 떨어진 방의 북쪽 모서리로 걸어갔다.

"아얏!"

로키가 멀어지자 당연하게도 바냐 발목의 통증이 밀려왔다.

"너 일부러 그러는 거지?"

"아닌데."

로키는 팬티를 추켜올리며 말했다.

"바냐 님은 왕자님과 멀어지면 통증이 있는데…… 왕자님은 그런 게 전혀 없다는 말씀이시죠?"

"엉, 난 아무렇지 않아. 그냥 발목이 시원한 느낌인데?"

로키가 발을 들어 허공에 휘두르자 방 맞은편에서 바냐가 비명을 질렀다.

"이상한 일이네요. 바냐 님은 고통을 느끼는데 왕자님은 멀쩡하다. 이건 상호 작용이 아닌 마법인가 보군요."

"하하, 당연하지. 난 튼튼하다고!"

39

로키의 말을 듣자 핫독은 이제껏 왕자가 감기 한 번 걸린 적이 없다는 걸 떠올렸고, 튼튼하단 말은 어느 정도 맞는 말이었다.

"하지만 지금은 내가 튼튼한 게 문제가 아니야. 어서 이 상황을, 저 엘프와 엮인 마법을 풀어야 한다고."

로키가 소리쳤다.

"물론 방법이 있습니다."

침대를 사이에 두고 서 있던 세 사람, 아니 한 사람과 엘프와 수인 사이에 제3의 목소리가 들렸다. 셋은 놀라 고개를 돌렸다. 침실의 거대한 문을 열고 서 있는 것은 바로 드로즈 왕국의 재무 장관 핀도르였다.

"핀도르!"

왕자가 달갑지 않게 이름을 불렀다.

핀도르는 그대로 걸어 들어와 왕자 앞에 다가섰다. 그리고 얼굴을 바짝 들이밀고 말했다.

"지난번 모험 때문에 왕자님에게 뭔가 곤란한 상황이 생겼군요."

"가, 가까이 오지 마. 네 숨구멍이 정면으로 보이잖아."

로키는 고개를 돌리며 말했다. 하지만 핀도르는 왕자의 말을 무시했다.

"보아하니 저 엘프와 마법의 끈으로 묶인 듯 보이는군요. 하지만 이를 어쩐다. 이건 궁의 마법사들도 손쓸 수 없을 만큼 강력한 마법이군요. 흠."

핀도르는 연극하듯 과장된 몸짓으로 로키의 발을 살폈다.

"방법이 없는 것도 아닙니다. 사실 지난번 모험을 떠난 것도 저의 책임이 일정 부분 있으니 그것에 대해 조언을 해 드리자면……."

"핀도르, 뭔가 알고 있으면 얼른 말해. 시간 끌지 말고."

로키는 소리쳤고, 바냐는 조용히 핀도르의 말을 들었다.

"이런 강력한 마법을 풀 수 있는 인물을 찾아야죠."

"그게 누구죠?"

바냐가 입을 열었다.

핀도르는 바냐의 뾰족한 귀와 녹색 로브, 허리에 찬 단검을 보고 그녀가 하이 엘프라는 것을 알아챘다. 핀도르는 자신의 소매 속에 손을 넣어 한 권의 책을 꺼내 로키에게 건넸

다. '드로즈 저널 2권'이라고 적힌 묵직한 책이었다. 가격은 2만 크로우. 오래됐지만 초판본인 것을 보아 별로 팔리지 않은 책 같았다.

"거기 235페이지를 펴 보시죠."

로키와 핫독과 바냐는 서로 머리를 맞대고 핀도르가 말한 235페이지를 펼쳤다.

'뒤로 15페이지 돌아가시오'라고 적힌 글이 나오자 로키는 폭발할 지경이었다. 하지만 바냐는 착실히 15페이지 전으로 돌아갔다. 드로즈 저널의 220페이지에 나온 것은 바로…….

"숲의 마녀입니다."

핀도르가 나직이 속삭였다.

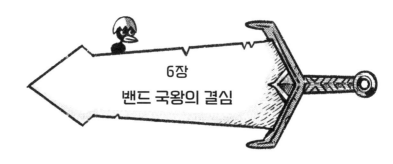

6장
밴드 국왕의 결심

"숲의 마녀라면 마법을 풀 수 있습니다."

핀도르가 말했다.

숲의 마녀는 이름처럼 숲에 사는 마녀로, 마법이 약해진 이 시대에도 강력한 마법을 사용한다고 알려졌다.

"그럼 지금 이 상황을 벗어나려면 숲의 마녀를 찾아가야 한다는 거야? 왠지 전개가 지난번과 비슷한걸?"

로키가 말했다.

"그건 우연입니다. 전혀 연관성이 없습니다."

핫독은 모두에게 차와 초코 쿠키를 나누어 주었다. 아침도 거른 왕자와 바냐는 차와 쿠키를 먹으며 다음 계획을 구상했다.

"숲의 마녀는 어디 있나요?"

바냐가 쿠키를 다 삼키고 물었다.

"정확한 위치는 알 수 없습니다. 그 근방에 가야만 발견할 테니까요. 소문에 의하면 숲의 마녀는 항상 이동한다고 합니다."

핀도르가 숨구멍을 벌름거리며 말했다.

"그래, 좋아. 뭐 기왕 이렇게 된 거 또 가 보자고. 너희도 알다시피 겨울 마녀에게 봄을 되찾아 온 것도 나였지. 모든 영웅의 서사시처럼 이 드로즈 저널에 올릴 역사적인 사건을 하나 더 만드는 것 정도야.

나도 이렇게 지내는 건 여간 불편한 게 아니거든. 이 이상한 마법의 고리를 끊고 저 엘프는 자기 갈 길 가고, 나도 내 행복을 찾고. 그럼 문제없는 거네."

로키가 의자를 박차고 일어나며 외쳤다.

그리고 바냐의 반응을 살피려고 고개를 살짝 돌렸다. 어쩐 일인지 바냐는 뭔가를 망설이는 듯 보였다. 눈을 살며시 내리깔고 생각에 잠긴 모습. 정오의 햇살이 바냐를 비추자 투명한 피부가 더욱 눈부시게 빛났다. 로키는 잠시 바냐를 쳐다보다가 눈이 마주치자 재빠르게 고개를 돌렸다.

"뭘 보는 거야."

"보긴 뭘 봐. 아무것도 안 봤어."

로키는 조금 붉어진 얼굴로 소리쳤다.

"자, 지체할 시간이 없습니다. 그럴수록 두 분은 더 많은 분란과 갈등이 생길 테니 어서 숲의 마녀를 찾으러 가시지요."

핀도르가 말했다.

"왕자님, 부디 몸조심하시고 잘 다녀오십시오. 여기서 제가 응원하고 있겠습니다."

핫독이 말했다.

"무슨 소리야? 너도 같이 가야지."

"네?"

"같은 얘기를 또 해야 해? 나 혼자 가면 잠자리와 식사는 어떻게 해결하라고."

로키가 핫독을 보며 말했다. 핫독의 얼굴에는 일순간 수심이 가득해졌다.

침실에 모인 모두가 와자지껄 떠드는 사이 문이 벌컥 열렸다.

"왕자! 안 된다. 드로즈 왕국을 벗어날 수 없다."

문을 열고 등장한 것은 다름 아닌 국왕 밴드였다. 그는 통로를 지나가다 로키와 일행이 떠드는 소리를 듣고 화들짝 놀라 문을 열어젖혔다.

"지난번 모험도 내가 있었다면 분명 허락하지 않았을 것이야. 왕자는 아직 세상에 나갈 준비가 안 됐다. 그러니 숲의 마녀를 찾는 모험을 허락할 수 없다."

국왕은 단호하게 말했다.

국왕의 호통에 로키가 움찔했지만, 다시금 자세를 가다듬고 왕에게 호소했다.

"아바마마. 너무 심려 마십시오. 저도 언젠가 드로즈 왕국을 이끌 사람입니다. 저에겐 의지할 형제도 없고 어마마마도 안 계십니다. 저는 강해져야 합니다. 그리고 무엇보다 저 엘프와 계속 같이 지내는 건 아바마마도 원치 않으실 겁니다. 그러니 부디 숲의 마녀를 찾게 허락해 주십시오."

로키는 언제나 그렇듯 국왕과 이야기할 때면 일국의 왕자다운 그럴싸한 말투를 썼다. 밴드 국왕이 바냐를 쳐다보자 바냐는 고개를 가볍게 숙였다.

"하지만……."

국왕은 망설이며 로키를 보았다. 왕자의 키가 예전보다 조금 커진 것 같다고 느꼈다. 아기 같던 눈매, 동그란 얼굴에서도 조금 사내다운 윤곽이 보였다.

'그래, 이 아이도 자라고 있구나.'

밴드 국왕은 조금 쓴웃음을 지었다. 모든 것은 변해 갔고, 위험을 덮거나 방치해서 해결되지 않는다는 걸 국왕은 잘 알고 있었다.

'로키도 모험을 원하고 있다. 젊은 시절의 내가 그러했듯.'

밴드 국왕은 이제 결정을 내려야 했다.

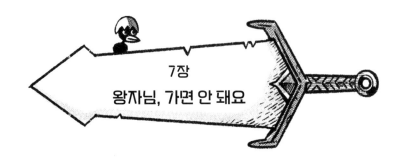

7장
왕자님, 가면 안 돼요

드로즈 왕국, 그곳에서도 왕자의 침실 안은 여럿이 모여 들어 바글바글했다. 마지막으로 침실에 들어온 밴드 국왕은 로키가 확고한 의지로 모험을 원한다는 걸 알았다.

"후, 난감하구나. 네 뜻이 그렇게 굳건하다 해도 아비인 내 가 성 밖의 위험한 여행을 어떻게 허락하겠느냐. 허나……."

국왕은 말끝을 흐렸다. 로키가 듣기에 상당히 모호한 말 투였다. 한 나라의 최고 권위자이며 검술의 대가인 밴드 국 왕도 자식의 고집 앞에 망설이고 있었다.

"감사합니다, 아바마마!"

로키 왕자는 망설이는 왕에게 꾸벅 인사했다. 로키는 국 왕이 '허나'라는 것을 승낙한다는 뜻으로 받아들였다.

"왕자님, 안 됩니다. 드로즈 왕국을 벗어날 수 없습니다."

그때 로키의 침실을 박차고 들어온 것은 검술 사범 '토발'이었다.

"사부님, 갑자기 왜?"

"왕자님의 검술 실력은 모험하기에 아직 부족합니다. 저의 비기를 모두 전수받은 후에 모험을 떠나십시오."

"맞습니다. 왕자님, 드로즈 왕국을 벗어나면 안 됩니다."

또 한 번 왕자의 침실 문이 열리며 대학사 '몰린'이 외쳤다.

"왕자님은 아직 공부가 부족합니다. 저에게 드로즈 왕국 역사를 더 배워야 합니다. 더불어 산학과 지리도."

"몰린!"

"왕자님, 가면 안 돼요. 드로즈 왕국을 떠나실 수 없어요."

"이번엔 또 누구냐!"

침실로 들어온 건 유모 '샤메이'였다.

"왕자님, 제가 얼마나 정성 들여 왕자님을 보살폈는데 그런 위험한 모험을, 지난번은 참았어도 이번엔 안 돼요."

뚱뚱한 유모 샤메이가 외쳤다. 참고로 샤메이는 로키가 일곱 살 때 결혼하겠다고 했던 유모였다.

그다지 좁지 않던 왕자의 침실은 사람들로 북적이기 시작했다. 그 뒤로도 마구간지기와 메인 셰프와 궁정 마법사들이 차례로 "안 돼요."를 외치며 문을 열고 들어오자 침실은 발 디딜 틈이 없었다.

"뭐가 이리 정신이 없어? 평소에 나를 그렇게 생각해 주지. 신나는 모험을 하려니까 갑자기 다들 반대네. 혹시 나 혼자 재밌는 게 싫은 거야?"

로키가 외치자 잠시 침묵이 일었다. 그러다 다시 "그런 말씀 마세요."라고 사람들이 외쳤다. 이 소동을 보던 바냐는 참지 못하고 로키의 손목을 잡아챘다. 그러자 침실에 모여 있던 모든 사람들이 "오!" 하고 탄성을 질렀다. 유모 샤메이는 부끄러워 두 손으로 얼굴을 가렸다. 물론 손가락을 벌려 그 사이로 로키와 바냐를 봤다.

"이봐, 사람들이 다 보는 데서 손잡지 말라고."

로키가 외쳤다.

"너 여기서 이렇게 죽치고 있을 셈이야? 이러다간 숲의 마녀를 찾으러 출발하지도 못할걸?"

바냐가 외치자 로키도 그 말이 맞는 것 같았다. 바냐는 핀

도르 손에서 드로즈 저널 2권을 낚아챈 다음 왕자
의 팔을 잡고 침실의 창문 위로 뛰어올랐다.

"어어?"

로키는 바냐가 이끄는 대로 덜렁덜렁 딸려 갔다.

"꽉 잡아. 뛰어내린다."

"뭐? 여긴 꽤⋯⋯."

로키가 말을 다 마치기도 전에 바냐는
몸을 날려 침실 창에서 뛰어내렸다. 침실
이 있던 첨탑의 창밖으로 드로즈 왕국
전경이 아주 잘 보였다. 왜냐하면 아주
높았기 때문이다. 이 높이에서 뛰어
내리면 바닥에 닿을 때 쥐포가 돼 버
리기 안성맞춤이었다.

"으아아아!"

하지만 바냐와 왕자가 바닥에 닿을 때쯤 건초 더미가 가득 담긴 수레가 나타나 안전하게 착지할 수 있었다.

"왕자님, 제가 이미 준비를 해 뒀습니다."

로키가 건초 더미에서 고개를 들자 앞에 핫독이 웃으며 서 있었다.

"역시 내 충직한 시종!"

바냐는 이럴 줄 알았다는 듯 건초에서 나와 몸을 털고 로키를 이끌었다. 왕자의 침실 창으로 고개를 내민 많은 사람들은 안도의 한숨을 내쉬었다. 그리고 다시금 왕자에게 궁을 떠나면 안 된다고 소리 질렀다. 밴드 국왕은 말리지도 그렇다고 허락하지도 않은 채 그저 말없이 그들을 바라볼 뿐이었다. 몇 명의 강철 기사단이 로키 일행을 보고 무슨 일인가 조사하기 위해 다가오자 핫독이 외쳤다.

"왕자님, 이쪽으로 오시죠. 제가 안내하겠습니다."

핫독은 가까운 네모 우물로 몸을 날렸다.

"뭐야, 그런 곳에도 길이 있어?"

"너 온종일 여기 있을래?"

로키는 갑자기 핫독과 바냐에게 이끌려 검고 어두운 우물로 점프했다. 굳이 서두를 필요가 없었지만, 그들은 뭔가에 쫓기듯, 알 수 없는 운명에 사로잡혀 서둘러 드로즈 왕국을 벗어났다.

8장
카를 대공이라는 고양이

왕궁의 네모 우물 밑은 긴 굴로 이어져 있었다. 일행은 어두운 굴을 따라 더듬거리며 걸어갔다.

"이런 곳은 어떻게 알고 있는 거야?"

로키가 핫독에게 물었다.

"제가 비록 왕자님의 시종이긴 하지만 궁의 많은 비밀을 알고 있답니다. 이 우물은 일종의 대피로 같은 것이죠."

"하지만 여긴 너무 어둡잖아."

로키가 어둠 속에서 손을 더듬으며 말했다. 잠시 후, 눈앞이 갑자기 환해졌다.

바냐의 손에서 옅은 빛이 나와 어두운 동굴을 밝혔다. 왕자는 그 모습에 눈이 휘둥그레졌다.

"놀라지 마. 나도 이 정도 어둠은 밝힐 수 있으니까."

바냐가 앞장서 걸으며 말했다. 로키는 말없이 걸으며 바냐의 모습을 살폈다. 사람, 아니 엘프는 겉모습으로 판단하기 참 어렵구나, 하고 생각했다. 저렇게 예쁘고 착해 보이는데 막상 하는 짓은 왈가닥 그 자체라니……

어두운 굴을 어느 정도 걷자 막다른 벽이 나타났고 그곳에 밖으로 향하는 사다리가 놓여 있었다. 위에서 가느다란 햇살이 동굴을 비추고 있었다.

"왕자님, 다 왔네요. 이곳으로 올라가면 될 거 같습니다."

핫독이 말했다.

"좋아, 내가 먼저 올라가지. 나머지는 날 따라오도록."

로키는 의기양양하게 사다리에 발을 올리고 움직였다. 뒤이어 바냐가, 마지막은 핫독이 사다리에 올라탔다. 입구가 뭔가에 막혀 있어 로키가 그대로 밀고 지상으로 올라왔다.

"휴, 드디어 올라왔네."

로키는 입구로 나와 먼지를 털고 사방을 둘러봤다. 우물

은 왕궁의 담벼락 뒤에 위치한 작은 숲과 연결되어 있었다. 뒤이어 바냐와 핫독이 차례로 올라왔다. 핫독이 다 계획해 놨는지 롤리가 옆에서 마른 풀을 뜯어 먹고 있었다.

"오, 나의 애마. 롤리. 기다리고 있었구나."

롤리는 들은 체 만 체했다. 롤리의 안장 뒤로 이미 여행에 필요한 물품들이 가득 실려 있었다. 지난번처럼 너무 많은 물건을 실어 화가 난 듯 보였다.

"건방진 말 같으니. 뭐, 좋아. 이제 숲의 마녀를 찾으러 가는 일만 남았군. 불쌍한 엘프를 도와 마법을 풀자. 다들 준비됐지?"

왕자가 외치자 핫독과 바냐는 아무 말 없이 왕자를 쳐다봤다.

"왜? 다들 표정이 왜 그래?"

"저기 왕자님."

핫독이 손가락을 들어 로키를 가리켰다.

"말하라, 충직한 시종이여."

"왕자님, 머리 위에……."

"응? 내 머리 위에?"

"고양이가 있습니다."

"뭐!"

핫독의 말에 놀라 로키는 머리 위를 만져 보았다. 통통하고 털로 덮인 살덩어리가 만져졌다. 아까 굴 입구에서 뭔가를 제치고 올라왔는데 그게 고양이였을 줄이야. 그런데 왜 자신의 머리 위에 있는지 아리송할 따름이었다.

"놀라지 마라냥."

고양이가 말했다.

"넌 뭔데 남의 머리 위에 있는 것이냐?"

"내 이름은 카를. '카를 대공'이라 불러라냥. 이곳에서 먼 나라의 지체 높은 귀족이다냥."

"그게 내 머리 위에 있는 것과 무슨 상관이냐. 길고양이, 어서 내려와!"

로키가 머리 위 고양이를 내려놓았다.

"이것은 운명이다냥. 나는 장거리 이동 중에 일행과 떨어졌다냥. 다시 일행을 만날 때까지 함께해 준다냥. 나와 함께한다면 행운이 따를 것이다냥. 그러나 만약 내 말을 거역하면 큰일이 일어날 것이다냥."

고양이는 로키 왕자의 머리에서 내려와 말했다. 아마도 자신을 데려가길 원하는 듯 보였다.

"그리고 내 머리를 쓰다듬으면 기분이 행복해진다냥."

"정말이냐?"

로키는 고양이의 말에 홀리듯 머리를 쓰다듬었다. 하지

만 별다른 변화가 생기진 않았다.

"딱히 행복한 기분은 없는데?"

"너 말고 내가 행복하다냥."

카를 대공은 기분이 좋은 듯 골골 소리를 냈다. 로키와 일행은 조금 어안이 벙벙한 채 카를 대공이라는 고양이를 바라봤다.

"우리는 숲의 마녀를 찾으러 가야 한다. 너 같은 게으름뱅이 고양이를 돌볼 시간이 없어."

로키가 말했다.

"숲의 마녀라면 나도 조금 알고 있다냥."

"정말?"

"거짓말이다냥."

카를 대공이 앞발을 핥으며 말하자 로키는 화를 냈지만 바냐는 웃었다. 핫독도 이 이상한 고양이가 싫지 않았다. 무엇보다 통통하고 살찐 게 귀엽기 때문이었다.

나를
쓰다듬어라냥.

"별 이상한 고양이 다 보겠네. 미안하지만 우리는

급한 볼일이 있으니까 가 볼게."

"잠깐, 좀만 더 쓰다듬어 달라냥."

카를 대공의 애원을 무시하고 로키는 롤리의 등에 올라탔다.

"그냥 갈 생각이냥? 나를 데리고 가라냥. 이렇게 나를 무시하다간 큰 화를 당할 것이다냥."

카를 대공이 애원했지만, 로키는 쳐다보지 않았다. 대신 바냐가 다가와 머리를 쓰다듬어 주었다.

"어쩌다가 이 숲에 혼자 있게 됐니? 불쌍한 것."

"왕자님, 이 고양이 귀여운데 데리고 가면 안 되나요?"

핫독이 외쳤다.

"핫독, 우린 목표가 있잖아. 고양이 신경 쓸 때가 아니야. 뭐, 따라온다면 말리진 않겠지만 여기 태울 자리는 없다고."

로키의 말에 바냐와 핫독은 어쩔 수 없이 카를 대공을 두고 발걸음을 옮겼다.

"뭔가 강한 운명이 느껴진다냥. 저 꼬마에게 뭔가 있다냥."

카를 대공은 멀어지는 로키를 쳐다보며 중얼거렸다. 그리고 고개를 돌려 가장 가까이 있던 멧돼지를 쳐다봤다.

"이봐라, 멧돼지냥."

땅을 파고 있던 멧돼지가 고개를 들어 카를 대공을 쳐다
봤다. 그러자 카를 대공이 큰 눈망울을 반짝이며 멧돼지를
지그시 바라봤다. 눈에서 하트가 발사되어 멧돼지에게 날아
갔다. 이것이 마법인지 착각인지 알 수 없었지만, 분명한 것
은 카를 대공이 일반적인 고양이와 다르다는 점이었다.

"나 카를 대공은 고귀한 몸이라 돌바닥을 걸을 수 없다냥.
저 꼬마를 따라가는 데 네가 좀 도와줘라냥."

멧돼지는 카를 대공에게 반해 알겠다고 꿀꿀댔다. 그리
고 등에 카를 대공을 태우고 로키가 사라진 방향으로 걸음
을 옮겼다.

9장
흥분하지 마세요

롤리가 로키와 바냐, 핫독을 태우고 출발했으나 이내 무거워 짜증을 내자 핫독이 걸어가기로 했다.

"미안, 핫독. 하지만 이 엘프는 나랑 묶여 있으니 내릴 수가 없고, 그렇다고 왕자인 내가 걸어갈 수는 없잖아."

로키가 말했다.

"다음에는 말을 두 마리 준비해야겠어요, 왕자님."

"미안해. 힘들게 해서."

바냐가 말했다.

로키는 그 말을 듣고 바냐는 그다지 나쁜 성격이 아니란 것을 깨달았다. 오직 자신에게만 화를 낸다는 것도 알았다.

핫독이 롤리를 따라 터벅터벅 걷고 있을 때 뒤에서 카를

대공이 탄 멧돼지가 다가왔다.

"다시 만나 반갑다냥. 거기 강아지, 여기 태워 줄 테니 올라와라냥."

"아니, 저 고양이 아직도 따라오고 있었네? 저 멧돼지는 어디서 데리고 온 거야?"

로키는 기가 찬다는 듯 바라보았다. 핫독은 고맙다고 인사하고는 멧돼지의 등에 올라탔다.

"쓰다듬어라냥."

"뭐?"

핫독이 물었다.

"태워 줬으니 쓰다듬어라냥."

"아니, 그런데 고양아⋯⋯."

"카를 대공! 카를 대공이라고 불러라냥."

카를 대공이 앙칼지게 소리쳤다.

"아, 그래, 미안. 카를 대공. 그런데 넌 대체 왜 따라오는 거니?"

핫독은 카를 대공을 쓰다듬으며 말했다.

"나는 인연을 믿는다냥. 우리가 살아가는 이 드넓은 세계에서 서로 만날 확률이 얼마나 되겠냥. 마침 너희는 모험을 하고 난 모험을 좋아한다냥. 그건 강력한 인연이다냥. 나의 일행과 다시 만날 때까지 너희를 돕겠다냥. 그러니 쓰다듬 어라냥."

"핫독, 뭘 그런 걸 물어. 그 고양이는 분명히 길고양이야. 먹을 것과 잠자리를 원하는 거겠지."

로키가 말했다.

"넌 뭐가 그렇게 불만이 많니?"

뒤돌아 소리치는 로키를 향해 바냐가 물었다.

"뭐라고?"

"왜 매번 화내고 소리치고 다른 이들과 싸우자고 덤비는 거야. 네가 아무리 왕족이라도 다른 이들을 존중하지 않으면 네가 말한 좋은 왕은 되기 힘들 거야."

바냐가 말했다.

"무엄한 백성이로다! 네가 날 얼마나 안다고. 그런 말을

68

함부로 하냐?"

화가 난 로키가 소리쳤지만, 바냐가 망토 사이에 있는 동안 로키를 아주 많이 봐 왔다고 말했다.

"으휴, 그만 두자. 어차피 숲의 마녀만 찾으면 이것도 안녕이다."

둘은 서로 콧방귀를 뀌고 계속 숲을 헤쳐 나갔다.

"흐음, 재밌는 광경이다냥. 역시 팬티를 바깥에 입는 인간은 흥미롭다냥. 따라온 보람이 있다냥."

카를 대공은 핫독의 손길을 받으며 멧돼지 위에서 골골거렸다.

겨울이 끝난 숲은 이제 관목이 우거지고 수많은 꽃과 풀들이 자라나 자연을 뒤덮고 있었다. 울창한 숲으로 발걸음을 점점 더 옮기자 햇살 몇 줄기가 나뭇잎을 뚫고 바닥에 닿았다. 바냐는 아까 핀도르에게서 얻은 드로우 저널 2권을 펼쳐 들었다. 책에서 숲의 마녀에 대한 정보를 찾아보았다. 숲의 마녀는 포포 대륙에 존재하는 네 명의 마녀 중 한 명으로 깊은 숲에 살며 그 안에 자라는 동식물을 관장했다. 숲을 번영케 하고 때로는 기분에 따라 황폐화하기도 하는 마녀라고 써 있었다. 설명이 너무 단순해서 바냐는 이 책이 왜 안 팔렸는지 알 것 같았다.

"숲의 마녀가 어디 있는지는 안 나와 있어?"

로키가 물었다.

"그런 이야기는 안 나와 있는데."

바냐는 책을 자세히 보며 말했다. 한동안 숲을 지나온 일행은 말을 멈추고 잠시 자리에 서서 휴식을 취할 생각이었다. 핫독은 롤리의 등에서 찻주전자와 잔을 꺼내 들었다.

"자, 다들 피곤하시죠. 제가 차를 준비하겠습니다."

"난 로열 벌꿀 차로 부탁한다냥."

카를 대공이 말했다.

"참, 입은 고급인 고양이구나."

로키가 말했다.

"아까도 말했지 않느냥. 나는 대공이다냥. 귀족 중의 귀족 고양이다냥. 괴팍한 팬티를 입은 네가 왕자인 것처럼 내가 대공이라 해서 이상할 것 없다냥."

카를 대공이 말했다.

"으이그. 그래, 그렇다고 하자."

로키가 화를 내려다 조금만 참으면 모든 게 다 끝날 것이라는 인내와 희망으로 버텼다. 핫독은 불안한 마음으로 왕자의 모습을 지켜보며 한 손으로는 차를 다른 손으로는 대공을 쓰다 듬었다.

그때 숲에서 알 수 없는 비명이 울려 퍼졌다.

"살려 주세요."

10장
인간이 아닌 것

"살려 주세요."

근처 숲에서 누군가 외치는 소리가 들렸다. 로

키는 찻잔을 내려놓고 자리에서 일어났다.

"이게 무슨 소리지?"

"왕자님, 누군가 도움을 요청하고 있는데요? 한번 가 볼까요."

핫독이 말했다.

로키와 바냐는 소리가 들린 곳으로 달려갔다. 작은 구릉 위에서 숲 밑을 내려다보자 거기에 어떤 사람이 살려 달라 소리치고 있었다. 그 앞에는 검은 그림자의 정체 모를 괴한이 서 있었다.

"저 사람 도와줘야겠다냥."

"왕자님, 우리가 나서야 할 것 같습니다."

카를 대공과 핫독이 말했다.

"멈춰라. 이름 모를 것아. 어찌하여 사람을 공격하고 있는 것이냐."

로키가 외쳤다. 왕자의 외침에 핫독이 흐뭇한 표정을 지었다.

검은 괴한은 멈칫하고 로키를 쳐다 봤다.

"아이고, 나리들. 살려 주십시오.

저는 블라드니르의 장사꾼인데 숲을 지나다가 이렇게 봉변을 당하고 있습니다."

장사꾼이 외쳤다. 그 앞에 서 있던 검은 괴한이 왕자 일행을 보고 낮게 으르렁거렸다. 검은 괴한은 인간의 형태를 띠었으나 갑옷 같은 것으로 둘러싸여 있었다.

"걱정 말거라, 백성아. 나는 드로즈 왕국의 로키 왕자다. 내가 나서서 괴물을 퇴치해 주마."

로키는 팬티를 한 번 추켜올린 뒤 괴한이 있는 쪽으로 달려갔고, 좋든 싫든 바냐도 갈 수밖에 없었다.

아아아 달리는 마차여.
어찌하여 마부는 멈추지 않느냐.
카리안 산맥 너머 님이 보낸
소식이 도착하지 않는구나.

위대한 드로즈 왕국에서
팬티 한 장 사서 보낸다던
내 님은 어디서 무얼 할까?

자나 깨나 불조심!
다시 보자 언데드의 이빨!

"난 여기서 노래로 응원하겠다냥. 내 응원이 힘을 불어넣어 줄 것이다냥. 핫독은 쓰다듬기를 멈추지 마라냥."

카를 대공은 멧돼지 위에서 로키를 보며 노래를 불렀다.

장사꾼을 공격하려던 괴한은 몸을 돌려 다가오는 왕자 일행과 맞섰다. 번쩍이는 몸체의 괴한은 제일 앞에 서서 다가오는 로키를 공격했다. 날카로운 손톱이 바람을 가르며 로키의 머리를 스치고 지나갔다.

"내가 당할 것 같으냐!"

로키는 의기양양했지만, 귀를 스치는 바람 소리에 살짝 겁이 났다.

"너무 무리해서 덤비지 마."

바냐가 뒤에서 소리쳤다.

"명령하지 마라, 엘프야!"

"네가 당하면 나까지 곤란해지니까 그러는 거야."

괴한은 로키 일행을 향해 무차별 공격을 했다. 처음엔 가볍게 상대하려 했던 로키와 바냐는 조금 당황하여 뒤로 밀리기 시작했다. 괴한이 거대한 손톱을 내리치려 하자 로키가 몸을 날려 피했고 바냐의 발목에 통증이 찾아왔다.

"야, 제발. 우리 둘이 마법으로 묶여 있다는 걸 잊지 마."

"아, 그랬지. 약골 엘프와 내가 묶여 있다는 걸 까먹었네. 이거 조금 성가신걸."

로키는 날아오는 공격을 최대한 조심스럽게 피하려고 노력했고 바냐는 허리춤에서 단도를 꺼내 괴한을 공격했다. 그러나 두꺼운 갑옷 때문에 바냐의 공격은 그대로 튕겨졌다.

"아, 뭔가 이상해. 저 괴한의 정체는 뭐지? 암석인? 늑대인간? 흡혈귀도 아닌데 저렇게 강하다니……."

핫독이 불안에 떨었다.

"살아 있는 게 아닌 거 같다냥."

카를 대공이 말했다.

"뭐?"

"저것에게 생명이 느껴지지 않는다냥."

싸움의 공방이 이어졌다. 괴한은 계속 공격했고 로키와 바냐는 방어하기에 급급했다. 둘은 마법으로 묶여 있어 자유로이 공격하지 못하고 점점 더 난처한 상황에 빠져들었다.

"이쪽으로 가야지."

몸을 움직이던 바냐가 소리쳤다.

"아니, 태어나서 한 번도 깎은 적 없어 보이는 손톱이 날아오는데 저쪽으로 움직여야지."

둘은 아슬아슬하게 공격을 피하면서도 협동할 줄 모른채 서로를 비난하고 있었다. 이 정도 괴한이라면 바냐 혼자서도 충분히 제압할 수 있었을 텐데 몸이 묶여 있으니 그저 답답하기만 할 뿐이었다. 둘은 밀리고 밀려 바위에 가로막힌 막다른 곳까지 물러섰다. 이제 더 이상 물러날 곳도 없었고 공격을 피할 길도 없었다. 로키는 여기서 이렇게 허무하게 생을 마감하는가 싶었고, 바냐는 못다 한 임무가 걱정이었다. 그러던 중 땅을 울리는 발굽 소리가 들려왔다. 육중한 것이 맹렬한 속도로 달려와 '콰직' 커다란 소리를 내며 괴한을 들이받았다.

"아니?"

로키가 그 모습을 보고 놀라 소리쳤다. 바냐 역시 의외의 사건에 어안이 벙벙했다.

그들을 위기에서 구한 것은 다름 아닌 카를 대공이 타고 온 멧돼지였다.

"크릉, 크르릉."

멧돼지가 들이받자 괴한이 휘청이며 나뒹굴었다. 바냐와 로키는 그 때를 놓치지 않고 벌어진 갑옷 틈을 검으로 공격했다. 곧이어 갑옷의 괴한은 움직임을 멈추고 폭발해 버렸다. 산산조각이 난 괴한의 몸이 사방으로 흩어져 날렸고 로키와 바냐는 바위 뒤로 몸을 숨겼다.

"이게 다 무슨 일이냐!"

로키가 당황해 소리 질렀다.

로키는 어리둥절하며 땅바닥에 흩어진 괴한의 몸체를 살폈다.

"이게 뭐지? 아까 그 녀석 사람이 아니었잖아?"

로키는 두 눈이 휘둥그레져 사방을 둘러봤다. 구릉 위에 있던 핫독은 카를 대공을 안고 왕자에게 다가왔다.

"왕자님, 어디 다치신 데 없으신가요?"

"난 괜찮아. 저 약골 엘프가 걱정이군."

흠음.

아니,
제가 그냥
어제 꿈자리가…

로키가 팬티를 추켜올리며 말했다.

"어디 숙녀 앞에서 팬티를 만지느냐!"

바냐가 화를 냈다.

로키는 바냐가 성질을 내는 거 보니 다친 데는 없는 것 같군, 하고 생각했다. 깊은 숲속에서 이런 괴상한 녀석을 만난 게 의문이었지만 모험에 필요한 이벤트라고 생각했다.

"감사합니다, 왕자님과 아가씨. 저는 블라드니르에 사는 '아논'이라고 합니다. 제 본업이 장사꾼인데, 아시다시피 장사꾼은 사람들이 필요한 물건을 이곳저곳으로 가져다주는 일을 하죠. 목구멍이 포도청이라고 오늘도 자식들을 위해 포포 대륙을 헤매고 있었습니다."

아논이 말했다.

"그래, 자네 사정은 알겠고, 어찌하여 이런 요상한 것이 숲에 있는

것인가?"

로키가 물었다.

"낸들 알겠습니까? 저도 이런 괴이한 것은 처음 봅니다. 처음에 도적인 줄 알았죠. 이런 숲에 항상 있으니까요."

"사람이 아니었어. 뭔지 정확히 모르겠지만 마법이 깃든 거 같아."

바냐가 바닥에 굴러다니는 괴한의 잔해를 보고 말했다. 그것을 들어 올리자 갑옷 안에 기계 장치가 뒤섞인 게 보였다.

"맞다냥. 내가 느끼기에도 아까 그것은 생명력이 없었다냥. 요망하다냥."

핫독의 품에 있던 카를 대공도 한마디 했다.

"그래도 다행히 두 분이 협력해서 위기를 넘겼으니 축하할 일입니다. 서로 협심하는 모습이 아주 보기 좋았습니다."

핫독이 말했다.

"핫독, 눈이 장식으로 달렸어? 얘 때문에 더 위험했다고."

"나도 너 아니었으면 저런 것쯤은 가볍게 물리쳤어."

로키와 바냐는 다시 말싸움을 벌였다. 그런 모습에 장사꾼 아논은 자신에게 불똥이 튈까 봐 슬며시 자리를 뜨려 했다.

"이봐, 어디 가는 거야?"

로키가 물었다.

"헤헤, 제가 급한 볼일이 있어서. 또 일행분들도 이야기 중이시라 조용히 사라지려 했습죠."

"혹시 숲의 마녀가 있는 곳을 아나요?"

바냐가 물었다.

바냐의 질문에 아논은 잠시 생각을 했다.

"숲의 마녀님은 숲에 계십니다. 이렇게 말하니까 좀 웃기죠? 그러니까 숲의 마녀님은 숲 어디에서나 만날 수 있습니다. 마녀님이 근처에 있는 걸 알 수 있는 표식이 있는데 거대 기둥 네 개를 찾으시면 됩니다. 그럼 마녀님을 발견하실 수 있을 거예요."

"거대 기둥 네 개?"

로키가 말했다.

"네, 그럼 저는 이만."

아논이 떠나려 하자 로키가 무엇을 파는 장사꾼이냐고 물었다. 아논은 식료품이라고 대답했다.

"그럼 양고기 다리 하나만 주고 가게."

로키 왕자가 말했다.

아논은 침울한 얼굴로 양고기 다리 하나를 핫독에게 넘기고 사라졌다. 하지만 목숨을 건진 것에 비하면 싼값이었다. 장사꾼으로서 양고기 다리가 조금 아깝긴 했지만…….

아논은 숲의 구릉을 넘어 쏜살같이 사라졌다. 다시금 바닥에 널린 괴한의 파편을 본 일행은 으스스한 기분에 휩싸였다. 바냐 역시 이 정체 모를 것을 보며 불길한 예감이 들었다. 하지만 지금은 지체할 시간이 없었다. 모든 의문은 자유를 찾은 다음에 알아내야 했다.

"그나저나 아까 말이지."

왕자가 괴한과의 전투를 떠올리며 말을 꺼냈다.

"우리를 도와준 게 설마…….."

고개를 돌려 쳐다본 곳에 멧돼지가 늠름하게 서 있었다. 아논과 대화하고 한참의 시간이 흐른 뒤였지만 멧돼지는 자신을 쳐다봐 주기를 기다리고 있는 듯 보였다.

"저 멧돼지가 우리를 도와준 거야?"

왕자가 말했다. 그러자 멧돼지는 콧김을 한 번 킁, 하고 뿜었다.

"봤느냥? 내가 데리고 온 멧돼지가 너희를 위기에서 구했다냥."

카를 대공이 의기양양하게 말했다.

일행은 멧돼지가 폼 잡고 있는 쪽으로 걸어갔다. 멧돼지는 수풀 한가운데서 나뭇잎 사이로 비치는 햇살을 받으며 늠름하게 서 있었다. 오래된 전설이나 신화에 나오는 영웅마냥.

"왠지 보통 멧돼지가 아닌 거 같은데요?"

핫독이 다가서며 말했다. 그리고 가까이 다가가 멧돼지

뭐야, 이 스포트라이트는?

목에 반짝이는 무언가를 발견했다.

"왕자님, 여기 뭔가 있어요."

"이름표인가? 그럼 가족이 있는 멧돼지란 말이야?"

바냐가 말했다.

일행은 아까까지 아무 관심 없고 그냥 엑스트라인줄 알았던 멧돼지를 둘러싸고 쳐다보았다. 반짝이는 목걸이에 적힌 멧돼지의 이름은 '샤샤'였다.

12장
드루이드 와카

"샤샤가 없어졌어."

털가죽을 어깨에 걸치고 새의 두개골을 가슴에 매단 덩치 큰 남자가 숲이 떠나가도록 외쳤다. 그 남자의 이름은 '와카'였다. 와카의 얼굴에 부리부리한 눈과 빨간 코, 덥수룩한 수염이 제멋대로 자라나 있었다. 와카의 옆에는 커다란 갈색곰과 날렵한 몸매의 회색늑대가 있었다.

"이럴 수가…… 나의 멧돼지가 어디로 사라진 거지? 분명 여기서 기다리라고 했는데…… 내가 잠깐 자리를 비운 사이에 사라져 버렸어."

와카가 울부짖었다.

옆에서 갈색곰이 와카의 어깨에 손을 얹어 토닥였고, 회색늑대는 와카의 다리에 머리를 비볐다. 와카라는 이 덩치 큰 남자의 정체는 드루이드였다. 드루이드는 주술적인 능력을 가지고 있어 동물과 교감할 수 있었다. 드루이드는 자연과 어울려 사는 방법을 전파하며 살아갔다. 와카 역시 드루이드족의 한 사람으로 그가 사랑하는 갈색곰 '그리'와 회색늑대 '왑' 그리고 잃어버린 멧돼지 '샤샤'와 함께 살았다. 그들은 완벽한 공동체 생활을 했으며 서로에 대한 신뢰와 사랑이 넘쳐 났다. 그런 와카가 자신의 멧돼지 샤샤를 잃어버린 것은 충격적인 사건이었다.

로키가 있었던 왕국의 뒷담 쪽 수풀에서 와카와 그리, 왑은 슬픔에 잠겼다.

"어디로 가 버렸을까? 샤샤가 너무 예쁘게 생겨서 납치당한 걸까? 아니면 고기를 좋아하는 오크들에게 잡힌 걸까? 그것도 아니면 벼룩 서커스단에 잡혀 간 걸까?"

샤샤가…!

쿵쿵

으르릉

오크들은 인간과 닮은 종족이었다. 짧은 팔다리와 커다란 덩치, 흉포한 성격으로 무리 생활을 했다.

와카는 슬픔을 못 이기고 울부짖었다. 옆에 있던 그리와 왑도 같이 얼싸안고 눈물을 흘렸다.

"그래, 너희도 슬프구나. 전에 그리 네가 샤샤를 잡아먹으려 했던 일이 떠올라 더욱 미안한 마음이 든다고? 그건 오해였잖아. 알아, 지나간 일은 잊어야지."

그러다가 회색늑대 왑이 코를 킁킁거리며 공기 중에서 무언가를 찾아냈다.

"왜? 뭔가 발견했니?"

와카가 물었다.

왑은 눈을 반짝이며 코를 벌름거렸다. 그리고 점점 땅바닥을 향해 내려갔다. 잠시 후 왑은 무언가를 찾은 듯 꼬리를 공중으로 번쩍 치켜세웠다. 단서를 찾았다는 표시였다. 왑은 몸을 화살처럼 앞을 향해 섰고 그 방향은 샤샤가 사라진 곳과 일치했다. 왑이 와

카를 향해 낮게 짖었다.

"뭐라고? 왑. 이 냄새는 샤샤의 냄새라고? 썩은 포돈베리 파이 냄새가 샤샤 냄새와 일치한단 말이지. 그래, 알지. 너도 항상 냄새 때문에 샤샤와 티격태격한 사실을…… 그러니 네 코가 가리키는 방향은 틀림없이 샤샤와 관계있을 거야. 잘했다, 왑!"

와카는 기뻐하며 소리 질렀다.

와카는 누군가 샤샤를 데려갔다는 걸, 그것이 납치이든 포획이든 샤샤에게 위험한 일이란 걸 알았다. 드루이드로서 자신의 동물을 잃어버린 것만큼 치욕스러운 일은 없었다.

"모두 준비 단단히 하거라. 지금부터 샤샤을 납치해 간 나쁜 녀석들을 찾아야겠다."

와카의 말이 끝나자마자 갈색곰 그리가 콧김을 크게 한 번 쿵, 내뿜으며 그 자리에 바로 엎드렸다. 와카는 품에서 숲의 달맞이초 가루를 꺼내 자신의 얼굴에 룬 문자를 그렸다. 그것은 용맹과 지혜의 룬 문자였다. 갈색곰 그리의 이마에는 힘의 룬 문자를, 회색늑대 왑 다리에는 바람의 룬 문자를 그려 줬다. 그런다고 해서 정말로 용맹과 속도와 힘과 지혜가 좋아지는지 과학적으로 밝혀진 바는 없었지만, 이런 이야기를 드루이드 앞에서 할 순 없었다. 그랬다간 갈색곰의 펀치와 회색늑대의 이빨에 물릴 각오를 해야 하기 때문이다.

와카는 출전 의식을 마치자 냉큼 갈색곰 그리의 등에 올라탔다.

"샤샤를 위하여 모험을 떠난다. 어떤 고난과 역경이 있더

라도 우리는 가족을 포기하지 않는다. 숲의 정령들이 우리 앞길을 밝혀 줄 것이다. 샤샤, 기다려라. 아빠가 간다. 자, 모두 출발하자!"

와카가 외치자 갈색곰 그리가 괴성을 지르며 달려 나갔다. 그 앞으로 회색늑대 왑이 샤샤의 냄새를 따라 달렸다. 그들은 로키 왕자 일행이 사라진 방향으로 향했다.

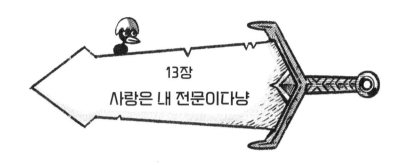

13장
사랑은 내 전문이다냥

멧돼지 샤샤는 카를 대공의 매력에 빠져 왕자 일행과 함께하게 되었다. 하지만 드루이드 와카와 떨어졌다는 걸 알았다. 지난번 갈색곰 그리가 자신을 잡아먹으려 했던 걸 떠올리며 가출 비슷한 걸 하기로 결심했다.

왕자 일행은 이런 사실도 모른 체 샤샤를 칭찬하고 쓰다듬어 주었다.

"하, 쓸 만한 멧돼지네. 살도 통통하게 올랐고."

로키가 말했다. 로키 왕자는 통돼지 바비큐를 좋아했다.

"고마워, 샤샤. 이름표를 보니 너도 가족이 있겠구나."

바냐가 다정하게 묻자 샤샤는 코를 쿵, 하며 대답했다.

"그래, 그럼 우리와 잠시 함께 가자. 네 가족을 찾을 때까지."

살이 통통하게 올랐다며 눈빛을 반짝이던 로키보다 이쪽이 훨씬 믿음직스럽다는 걸 샤샤는 본능적으로 알았다.

"자, 왕자님 어서 출발하시죠. 드로즈 저널에 따르면 이 근처에서 숲의 마녀를 봤다는 사람들이 있다고 합니다."

핫독이 카를 대공을 품에 안고 샤샤 등에 올라탔다.

"그래, 어서 출발하자냥. 핫독은 손을 쉬지 마라냥."

카를 대공의 말에 핫독은 땀을 흘리며 대공의 머리를 쓰다듬었다.

로키는 다시 한번 일행을 쳐다보았다. 어쩌다가 이런 이상한 조합이 완성되었는지 알 수 없었다. 차라리 고집불통 불의 정령과 썰렁한 암석인과 함께 다니던 때가 더 나아 보였다. 성격 나쁜 엘프와 출신을 알 수 없는 고양이, 이상한 멧돼지와 함께 원정을 떠나게 되리라고 전혀 꿈도 꾸지 않왔다. 하지만 로키 왕사는 팬티를 힌 번 추커올리고 기운을 냈다. 그런 모습에 바냐는 못마땅한 표정을 지었다.

일행은 점점 더 깊은 숲으로 갔다. 숲은 햇살을 가릴 정도로 살림이 우거져 있었다. 곧이어 고대 유적의 흔적들이 나타나기 시작했다. 드로즈 왕국이 세워지기 몇 세기 전 번성했던 고대 왕국의 흔적들이었다. 무너진 옛 건물의 흔적들이 나무뿌리 사이에 단단히 박혀 있었다. 늪지대가 나타났고 그 위에 비스듬히 기운 옛 성벽을 따라 걸어갔다. 길이 조금씩 험난해지고 있었다.

"모두 조심해. 여기서 굴러떨어져 늪지에 빠져도 구해 주지 않을 거야."

로키 왕자가 외쳤다.

로키의 뒤에서 바냐가 드로즈 저널을 펼쳐 보고 있었다. 숲의 마녀가 가장 많이 발견되는 곳은 이 험난한 길을 따라가야만 했다. 하지만 길이 험해지자 롤리 위에서 중심을 잡기가 점점 더 버거웠다. 이유는 간단했다. 말 위에서 떨어지지 않으려면 지지대가 필요했는데 바냐에게는 로키를 잡는 방법밖에 없었기 때문이다. 하지만 바냐는 절대 그러고 싶지 않았다. 좁은 바위 위를 건너다 롤리의 발이 삐끗하고 휘청였다. 바냐는 중심을 잃고 롤리 위에서 흔들렸다.

"이봐, 괜찮으니까 나를 붙잡으라고. 아까부터 불안하게 있던데 네가 그러니까 나까지 불안하잖아."

로키가 말했다.

"그러고 싶지 않은데."

바냐가 말했다.

"흥, 나도 별 생각 없이 한 말이었어. 네가 편할 대로 하라고."

뒤에서 멧돼지 샤샤를 타고 가던 핫독과 카를 대공이 이 광경을 지켜보고 있었다. 멧돼지 샤샤는 이런 숲길에 익숙한지 느긋하게 걸었다.

"저것 봐라냥. 두 사람, 왠지 분위기가 좋다냥."

카를 대공이 말했다.

"너는 저게 좋아 보이니?"

"당연하지 않느냥. 인연은 멀리 있지 않고 가까이 있다냥. 서로 부딪치면서 쌓는 거다냥. 위태로울수록 더

분위기가 좋다냥.

욱 가까워져야 하는 법이다냥. 겉보기에 저래도 두 사람은 가까워지고 있다냥."

잠시 후, 롤리가 또다시 휘청이자 바냐는 반사적으로 왕자의 망토를 두 손으로 잡았다. 바냐는 순간적으로 아차 싶었다. 이 녀석이 자기 망토를 잡은 걸 빌미 삼아 또 잘난 체하리라 생각했기 때문이다. 그러나 어찌 된 일인지 로키는 아무 말도 없이 묵묵히 롤리의 고삐만을 잡고 앞을 향해 나갔다.

"후후, 봤느냥? 내 말이 맞지 않느냥."

카를 대공이 두 사람을 바라보며 말했다.

"그럼 저 두 사람이 서로 호감이 생길 거 같아?"

핫독이 궁금해서 물었다. 딱히 카를 대공의 이야기를 믿진 않았지만, 이렇게 주고받는 이야기도 여행에 큰 즐거움

으로 다가왔다.

"물론이다냥. 내 말을 믿어라냥. 저 두 사람이 구속 마법에 걸린 것도 우연이 아니다냥. 이 세계는 다 상호 보완적이다냥. 인연이란 그런 것이다냥. 저렇게 오랜 시간을 붙어 지내는 것은 두 사람이 강한 연으로 엮인 것, 그것이 내 생각이다냥."

"전혀 그렇게 안 보이는데."

"후후, 사랑은 내 전문이다냥."

"뭘 뒤에서 시시덕거려! 얼른 주변이나 살피라고."

로키가 소리 질렀다.

14장
왕자는 저주받았다

'오랜 악몽에서 깨어나면 강철과 같은 굳건한 팬티가 왕
국을 구해 내리라.'

밴드 국왕은 드로즈 궁 알현실에서 예언을 떠올리고 있
었다. 그리고 이내 피식 웃고 말았다.

"그래, 예언이라······."

국왕은 왕자를 떠올렸다. 자신이 방치했던 계절을 바꾸
어 놓았다는 데 적잖이 놀랍고 대견했다. 어릴 적부터 드로
즈 세 장을 겹쳐 입고 아장대던 로키가 어느새 커서 모험을
하다니. 국왕은 벅차오르는 가슴을 주체할 수 없었다. 그리
고 알현실 옆에 걸린 초상화로 눈을 돌렸다. 어린 왕자와 자
신, 그리고 사랑하는 왕비의 초상이었다.

"당신이 이 사실을 알았다면 좋았을 텐데."

밴드 국왕이 나직이 말했다.

밴드 국왕은 왕국에 닥친 겨울의 위기보다 먼저 해결해야 할 문제를 쫓고 있었다. 항상 그가 풀어야 하는 불길한 숙제 같은 것. 지금에야 왕의 체통을 갖추고 있지만, 밴드는 왕의 자리에 오르기 전에 모험과 호기심이 넘치는 청년이었다. 그는 왕자 신분이었지만 왕과 주변 사람들의 만류에도 불구하고 성 밖으로 모험을 떠났다. 마치 지금의 로키처럼. 새로운 소문과 진귀한 보물이 숨겨진 장소를 찾고, 사람을 잡아먹는다는 괴물들을 상대했다. 세상에 자신보다 강한 것은 없었다. 무찌르지 못할 것과 찾지 못할 보물, 풀지 못할 수수께끼 역시 없었다. 젊음이 준 한때의 자만에 푹 빠져 있었던 것이다.

하지만 얼마 후, 자신이 피투성이가 된 채 젊은 혈기를 후회하게 될 줄은 꿈에도 몰랐다.

"크크크, 네가 일국의 왕자이며 최고의 검사라고? 형편없구나. 그런 알량한 힘으로 나를 찾아오다니. 불쌍한 인간. 너는 자만과 오기와 자존심으로 돌이킬 수 없는 실수를 저질렀다. 하지만 약속은 약속이다. 결투 전 나와 한 약속을 잊지는 않았겠지? 시간이 되면 너를 찾아갈 것이다. 그리고 너와 내가 결투에서 한 약속을 취할 것이다. 그것이 너의 저주다. 크크크."

눈앞의 거대한 괴물이 안개 속에서 읊조렸다.

젊은 왕자 밴드는 사방이 넓은 공터에서 부러진 칼에 의지해 몸을 지탱했다. 그의 주변에 많은 칼과 도끼와 방패가 부서진 채 나뒹굴고 있었다. 온몸은 크고 작은 상처로 피투성이였다. 세상은 아직 젊은 왕자에게 벅찼고, 왕자 역시 자

신의 어리석음을 깨달았다. 하지만 후회해도 이미 늦은 일이었다.

밴드 국왕은 치욕스러운 예전 기억을 떠올리다 머리를 세차게 흔들었다. 그것이 악몽이었다. 국왕은 알현실 창문으로 비치는 햇살을 맞으며 궁과 마을을 쳐다보았다. 평온한 일상, 행복한 웃음과 사랑. 하지만 한결같이 국왕을 따라다니는 불길한 예언.

"그래, 내 손으로 그 저주를 깨어야만 했어. 그것이 다시 세상에 나오기 전에 내가 암흑으로 돌려보내야 했는데……. 이번에도 실패하고 말았구나."

밴드 국왕은 소득 없던 지난번 원정을 떠올렸다. 그때 알현실의 문이 열리며 재무 장관 핀도르가 들어왔다.

"왕이시여, 여기 계셨나이까."

"어서 오게, 핀도르."

핀도르는 종종거리며 왕에게 다가왔다. 그리고 왕의 뒤에 섰다.

"무슨 걱정이 계신지요? 얼굴에 수심이 가득하십니다."

"내가 하는 걱정이야 뻔하지 않나."

밴드 국왕이 뒤돌아서며 핀도르를 바라봤다.

"역시 왕자님 걱정이시군요. 하지만 심려 마십시요. 왕자님도 언제까지 아이로만 지낼 수는 없습니다. 그리고 왕자님의 힘으로 봄을 되찾아 온 걸 보셨잖습니까."

"그래, 그랬지. 그러나 나도 어쩔 수 없는 아비일세. 자식을 걱정하지 않을 수 없지. 게다가 왕자는 나 때문에 저주에 걸려 있다네."

국왕은 핀도르 앞에 서서 침울한 얼굴이 되었다. 하지만 그 저주가 무엇인지 말하지는 않았다. 이 문제는 오직 밴드 국왕과 왕국의 최고 마법사이자 예언가 판비르 두 사람만이 공유했다.

"노내체 무엇 때문에 그렇게 겁을 내시는 겁니까? 드로즈에 집착하시는 것도 저는 납득이 가지 않습니다. 거짓 전설을 지어내고, 나라의 국호까지 변경하면서까지 말입니다. 오직 왕자님만 이 사실을 모르고 있습니다."

"그렇게 해서라도 왕자를 지켜야 하니까. 자네에게도 말했잖는가. 왕자는 저주받았다고."

밴드 국왕이 한숨을 쉬며 알현실을 서성였다. 핀도르는 위엄과 권위를 잃고 방황하는 왕의 모습이 측은했다.

"그러니까 그 저주가 무엇인지 알려 주십시오."

"그건 알려 하지 말라. 아직 누구도 알아서는 안 된다."

국왕과 핀도르는 그 뒤로 나라의 크고 작은 문제를 상의하고 자리를 떠났다. 핀도르는 궁의 통로를 따라 걸어 자신의 집무실로 들어갔다. 집무실 안에는 온갖 책과 나라 살림에 필요한 장부와 세법, 재정에 관한 서류가 널려 있었다. 벽면에는 드로즈 왕국의 1년 예산 편성표와 각종 숫자가 보였다. 하지만 핀도르는 그런 것들을 무시한 채 집무실 창으로 걸어갔다. 그리고 펜으로 간단하게 무언가를 적더니 새장으로 가 흰부엉이 다리에 쪽지를 묶었다. 창문을 열고 부

엉이를 하늘 위로 날렸다. 부엉이는 몇 번 날개를 퍼덕이더니 이내 하늘 높이 사라져 버렸다. 부엉이가 사라진 방향을 보고 핀도르는 머리의 숨구멍을 벌렁이며 이제껏 본 적 없는 사악한 미소를 머금었다.

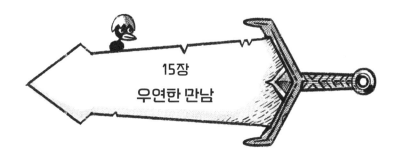

15장
우연한 만남

왕자 일행은 여전히 숲을 헤매고 있었다. 늪지도 탐험하고, 깊은 숲도 둘러봤다. 하지만 어찌 된 일인지 숲의 마녀는 보이지 않았다. 바람늑대 무리와 독개구리 떼와 전투도 치렀다. 그렇게 하루 이틀이 지나도 숲의 마녀의 흔적을 찾지 못하던 로키는 슬슬 짜증이 밀려왔다.

"으아아. 이게 무슨 일이란 말이야. 숲을 이 잡듯 샅샅이

뒤졌는데도 마녀의 흔적은커녕 냄새도 못 맡아 봤어."

"왕자님, 모험이란 게 쉽지 않다는 걸 아시잖습니까. 인내를 가지고 더 찾아보시죠."

핫독이 점잖게 말했다.

그들은 숲의 큰 바위 밑에서 옹기종기 모여 휴식을 취하고 있었다. 핫독은 지난번 아논에게서 얻은 양고기 다리를 돌판 위에 구웠다. 산양 버터를 곁들인 양고기의 냄새가 고소하게 퍼져 나갔다.

"숲의 마녀는 언젠가 나타날 것이다냥."

"무전취식하는 녀석치고 뻔뻔한 말을 하는구나."

로키가 말했다.

하지만 카를 대공 역시 지지 않고 혀를 삐죽 내밀었다.

"난 아무 잘못도 없는데 이런 데 끌려 와서 고생이구나."

로키는 바냐를 슬쩍 쳐다보며 말했다.

"그 점은 미안하게 생각해. 하지만 너도 나랑 같이 있는 게 싫잖아. 며칠씩 씻지도 못하고 다들 고생한 건 똑같아. 그러니까 제발 좀 투덜대지 마."

바냐가 눈을 감은 채 말했다. 몰골이 꾀죄죄한 왕자와 다르게 바냐에게는 여전히 투명한 광채가 뿜어져 나왔다.

"그래, 알긴 아는구나. 그러니까 한가하게 있지 말고 어서 숲의 마녀를 찾아보자고."

"왕자님, 그러지 말고 식사를 하면서 잠시 쉬시지요. 그전에 이 차를 먼저 드십시오."

핫독은 팬티 모양의 티백이 든 차를 왕자에게 건넸다. 왕자는 차를 받아 들고 호호 불어 마시며 마음을 좀 가라앉혔다. 숲의 마녀를 찾으러 나설 때만 해도 멋진 모험이 기다리고 있을 거라 여겼는데 이런 이상한 조합으로 숲을 헤맬 거라곤 예상하지 못했다. 로키는 조바심이 났다.

"에이, 모르겠다. 오줌이나 눠야지."

로키는 쉬고 있던 일행의 뒤편 숲으로 걸어갔다. 바냐는 멀어지는 왕자 때문에 발목이 아팠지만 망측한 일에 엮이고 싶지 않아 이를 악물고 다리의 통증을 참았다.

"너는 너밖에 모르니? 짜증 내지 마, 넌 버릇이 없구나, 어쩜 그렇게 못되게 구니, 다른 사람에게 좀 친절할래?"

로키는 바냐의 말투를 흉내 냈다.

"흥, 내가 얼마나 참고 있는데! 이 고생이 다 누구 때문이냐고. 트림도 못 하고, 방귀도 못 뀌고!"

왕자는 아랫배에 힘을 주어 방귀를 뀌었다. 수풀 너머에서 왕자의 방귀 소리를 들은 일행들이 얼굴을 찌푸렸다.

"어이구, 시원하네. 사람 사는 게 이런 맛이 있어야지. 생리 욕구를 너무 참으면 병난다고. 이건 감옥이야. 나는 내 방귀를 아무 데서나 뀔 권리가 있다고! 내가 왕이 된다면 당장 방귀 자유권을 보장할 거야."

로키가 숲을 향해 떠들었다. 그리고 눈앞에 있던 제일 큰 기둥으로 걸어가 소변을 봤다. 그러자 커다란 기둥이 조금 흔들리는 것처럼 보였다. 로키는 원정에 피로가 심각하게 쌓여 헛것이 보인다고 생각했다.

"이런, 제대로 된 음식을 못 먹어서 영양이 부족한가? 눈앞에 헛것이 보이네."

"어떤 녀석이 신성한 숲을 오염시키느냐!"

커다란 목소리가 숲에 울려 퍼졌다. 나무와 바위가 흔들렸고 나뭇잎은 파리하게 사방으로 날렸다.

"뭐야? 이 목소리는?"

로키가 소리쳤다.

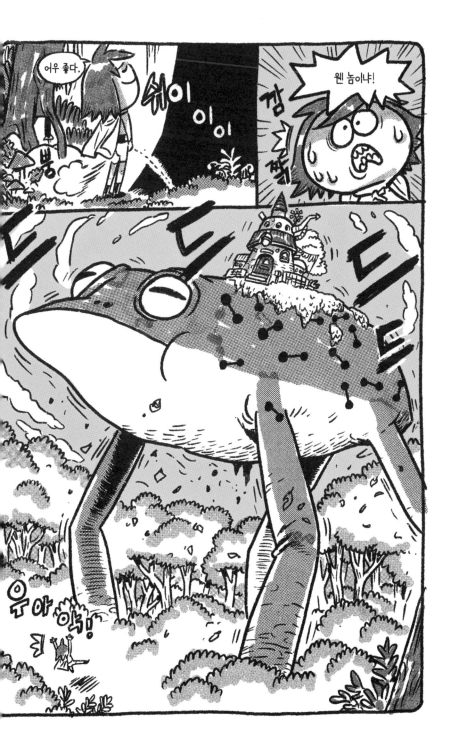

잠시 후, 지진이라도 일어난 것처럼 대지가 흔들렸고 사방에 흙먼지가 일었다. 놀란 로키 왕자는 바냐가 있는 곳으로 달려가 일행과 함께 뒤로 멀찍이 물러나 고개를 들었다. 로키는 그제야 자신의 눈앞에 있던 커다란 기둥의 실체를 확인할 수 있었다. 그것은 기둥이 아니라 아주 거대한 개구리의 다리였다.

"왕자님, 저…… 저기."

핫독이 놀라 소리쳤다.

"이것 봐라냥. 내가 곧 만날 수 있다고 하지 않았느냥."

카를 대공이 골골대며 말했다.

거대한 개구리의 등에 누군가가 살고 있는 듯 보이는 목조 주택이 얹혀 있었다. 기다란 탑 형태의 집은 이 층으로 되어 있었고 굴뚝 한쪽에서 연기가 피어올랐다. 거대한 네 개의 기둥은 바로 개구리의 다리였고, 등에 있는 저 집은…….

"어떤 녀석들이 나의 영역에 들어와 행패를 부리느냐."

쩌렁쩌렁한 목소리가 울려 퍼졌다.

16장
개구리 입속으로

"숲의 마녀다."

로키가 나직이 읊조렸다.

눈앞에 있는 거대 개구리는 고개를 돌려 로키 왕자 일행을 쳐다봤다. 나무의 키를 훌쩍 뛰어넘는 크기의 개구리는 무심하고 커다란 눈동자를 스르륵 움직였다. 그리고 이내 입을 살짝 벌렸다.

"하품하려나 보다냥."

아니었다. 개구리의 입에서 씹다 만 껌처럼 침 범벅이 된 커다란 혀가 빠르게 다가왔다.

"뭐지?"

개구리의 늘어난 혀가 왕자 일행 부근 땅에 내리꽂혔다.

'콰앙' 굉음을 내며 엄청난 충격으로 지면을 강타하자 커다란 바위와 나무가 흔들리며 공중을 날아다녔다.

"왕자님, 우리를 나쁜 녀석들로 착각한 것 같습니다."

핫독이 외쳤다.

로키도 그 말에 동감했다. 개구리는 혀 공격을 멈추지 않았다. 두 번째 공격이 날아왔고 로키와 바냐, 핫독, 카를 대공과 멧돼지 샤샤를 향했다. 혀는 눈보다 빨랐다.

"어어?"

로키는 거대 개구리의 시뻘건 혀가 날아오는 걸 그대로 볼 수밖에 없었다. 옆으로 뛰어 보려고 했지만, 바냐가 발목 통증 때문에 비명을 질러 로키는 그 자리에 멈춰 섰다. 곧이어 '철썩' 소리를 내며 개구리의 혀에 왕자 일행이 달라붙었다.

"핫독, 무슨 수 없어?"

"왕자님, 죄송하지만 너무 급작스럽네요."

"끈적이는 게 침은 아니겠지?"

안타깝게도 일행이 달라붙은 개구리의 혀는 끈적이는 침 범벅이었다. 일행은 끈끈이에 잡힌 것처럼 몸을 옴짝달싹하지 못했다.

"더러워 죽겠다냥. 목욕이 필요하다냥."

"모두 정신 차려. 해결책을 생각해 내야 해."

바냐가 외쳤지만 별다른 수가 없었다. 그 순간 개구리의 혀는 날아왔던 속도만큼 빠르게 다시 자신의 입속으로 말려 들어갔다. 로키 일행은 놀이기구를 탄 것처럼 빠르게 날아 한곳으로 향했다.

"이거 은근 재밌다냥."

카를 대공이 신나서 소리쳤다.

그들이 갈 곳은 이미 정해져 있었다. 바로 개구리의 입속. 혀를 입속으로 말아 넣은 거대 개구리는 볼을 크게 부풀려 '크록' 하고 울었다.

한편 와카는 갈색곰 그리의 등에 타고 앞서 달려 나가는 왑의 뒤를 쫓았다. 왑은 날카로운 눈매를 번쩍이며 멧돼지 샤샤의 흔적을 쫓았다. 3년쯤 빨지 않은 속옷과도 같은 샤샤의 냄새를 추적했다.

"아우우우."

왑이 울부짖으며 와카가 따라오도록 유도했다.

"그래, 잘하고 있다, 왑. 냄새를 추적해. 우리 귀여운 샤샤를 찾아야 해."

로키가 지나갔던 늪지대를 달리며 와카가 외쳤다.

"샤샤는 귀여운 멧돼지야. 그걸 알고 놈들이 샤샤를 잡아
간 거야. 별일 없어야 할 텐데. 걱정 마, 샤샤. 이 아빠가 가
고 있으니. 샤샤는 밤에 잘 때 배를 살살 쓰다듬어 줘야 해.
그리고 썩은 포돈베리 파이를 정말 좋아하지. 성격도 예민
해서 내가 꼭 자장가를 불러줘야 했어. 오래된 드루이드의
전설이 담긴 그 노래. 너희도 알겠지만 어릴 적 왼쪽 무릎을
뿔거미에게 물려서 다리가 살짝 불편하다고. 그런 다리로
이렇게 멀리 떠나오다니. 두 살 생일날 내가 리본 머리띠를
해 줬는데 그게 얼마나 잘 어울리던지. 그날 밤 샤샤가 처음
으로 내게 꿀꿀거렸지. 우리는 서로에게 사랑을 느낀 거야.
물론 그리와 왑, 너희도 사랑하지만 왠지 못난 자식이 더 부
모 마음을 아프게 하듯 샤샤는 내게 아픈 손가락이지.

그러고 보니 이제 곧 샤샤의 생일인데…… 내가 그래서 샤샤가 좋아하는 포돈베리 파이와 케일 빵과 스프레드 치즈볼을 준비할 생각이었어. 그런데 이런 일이 일어났다는 건…… 모든 게 내 잘못 같아. 이런 내 마음을 너희도 알지. 그리, 너도 샤샤를 다시 만나면 꼭 안아 줘. 그리고 지난번 샤샤의 엉덩이를 깨문 일을 사과하고. 왑, 너도 샤샤 앞에서 냄새 때문에 코를 땅에 박는 행동은 삼가야 할 거야. 아, 이렇게 말하니 다시 떠오르네. 샤샤에게 분홍색 모자를 씌웠을 때 얼마나 귀여웠던지……."

와카는 수풀을 헤치며 달리는 그리 위에서 떠들었다. 와카는 쉬지 않고 샤샤가 얼마나 사랑스러운 돼지인지, 드루이드로서 자신이 그 귀여운 멧돼지를 얼마나 아꼈는지 말하고 또 말했다. 와카를 업고 달리던 그리의 고막에서 피가 날 지경이었다. 그리와 왑은 와카가 샤샤를 얼마나 사랑하는지 몸서리치도록 느끼고 있었다. 그리고 바란다면 조금 조용히 이동했으면 싶었다.

17장
숲의 마녀를 만나다

로키 일행은 거대 개구리의 입속에 먹혀 정신을 잃고 쓰
러져 있다가 깨어나는 중이었다.

"이봐, 이상한 옷차림의 꼬마."

걸걸한 목소리가 왕자를 불렀다. 탁하게 갈라진 쉰 목소리
는 흡사 동네에 하나쯤 있는 욕쟁이 할머니를 떠올리게 했다.

"여기가 너희 집 안방이냐? 망할 놈들. 어서 정신 차리지
못해!"

거친 목소리가 빽, 하고 높이 갈라졌다.

나무 바닥에 쓰러져 있던 로키 왕자는 가까스로 몸을 일
으키며 눈을 비볐다. 옆을 살피니 바냐와 핫독, 카를 대공과
샤샤도 정신을 차리는 중이었다. 로키는 깜짝 놀라 주변을

두리번거렸다.

'거대 개구리의 혀에 딸려 온 것까지 기억이 났는데……'

눈을 떠 보니 목조 주택의 거실에 있었다. 동그란 집 내부
에는 기둥과 나무뿌리들이 얽혀 있었고, 안쪽 벽면을 따라
가재도구와 선반에 해골이 담긴 물약, 도롱뇽이 들어간 컵
과 눈알이 담긴 병 등 괴상하고 다양한 종류의 물건들이 줄

지어 늘어서 있었다. 맞은편에 커다란 책상과 그 옆에 녹색 연기가 피어오르는 솥단지가 보였다. 그 뒤에 챙이 넓은 고깔모자를 쓴 노파가 있었다.

"다…… 당신은?"

로키 왕자는 그 노파가 누군지 알아봤다. 그건 바로.

"당신이 숲의 마녀로군!"

로키가 말하자 다른 동료들도 일순간 정신을 차리고 노파를 쳐다봤다.

"그래, 팬티를 바깥으로 꺼내 입은 녀석아. 네가 내 집 앞에서 방귀를 뀌고 소변을 본 녀석이구나. 괘씸한 놈."

숲의 마녀가 콧방귀를 뀌며 말했다.

숲의 마녀는 상당히 괴팍한 인상을 풍겼다. 주름진 큰 얼굴과 짧고 통통한 몸, 성긴 회색 머리에 심술궂은 표정까지 분위기가 심상치 않았다.

"그건 오해입니다. 제가 이래 봬도 일국의 왕자 신분으로 그런 무례를 저지르겠습니까. 제 실수를 너그러이 용서해 주시기를……."

로키가 제법 폼 잡고 말했다.

"오호, 꽤나 건방진 놈이군. 그래, 너희는 왜 이곳에 온 것이냐? 꼴을 보니 조합이 요상하구나. 마법에 걸린 엘프와 강아지 수인, 뚱보 고양이와 멧돼지라니. 이거야 원, 꼭 폭삭 망해 버린 서커스단 같구나."

숲의 마녀가 앞에 놓인 커다란 솥단지를 저으며 말했다. 솥에서 녹색 연기와 함께 작은 불꽃들이 반짝거렸다.

"아하, 알겠군. 너희는 숲을 파괴하러 온 거야."

"그게 아닙니다."

로키가 말했다.

"그래, 나도 그럴 줄 알았어. 그럼 나의 보물을 훔치러 왔군."

"보물이 여기 있다냥? 알려 달라냥."

"그것도 아니라면 내게 무슨 볼일이 있는 거야, 망할 놈들. 내 인내심을 시험하지 말라고. 전부 개구리 밥으로 던져 버리기 전에."

숲의 마녀가 손을 앞으로 뻗었다. 당장 저주의 주문이라도 걸 듯한 모양새였다.

"그게 아닙니다. 마법을 풀어 달라 부탁하러 왔습니다. 그러니 경계를 푸세요."

바냐가 말했다.

"겨우 그깟 것 때문에 나를 찾아왔어? 네 발에 보이는 그 마법 말이야?"

핫독이 바냐와 로키의 발을 봤지만 아무것도 보이지 않았다.

"이건 다크 엘프의 저주 마법입니다. 이걸 풀 사람은 숲의 마녀님뿐입니다."

"흠, 글쎄, 난 별로 내키지 않는걸? 내가 왜 그런 일을 해줘야 하지? 하이 엘프건, 다크 엘프건 건방지긴 매한가지지. 지들이 이 포포 대륙에서 제일 고귀한 존재인지 알아. 밥맛 떨어지긴. 쿵!"

로키는 '와, 이거 잘못 걸렸네.'라고 생각했다. 마녀라면 다 겨울 마녀처럼 교양 있고, 지적인 줄 알았다. 이 할망구는 심술궂어 보였고, 일을 쉽게 해결해 주지 않을 것 같았다. 혹은 남의 불행을 깔깔대며 즐길 것처럼 보였다.

"숲의 마녀님. 당신에게 이 마법을 끊는 건 간단한 일 아닙니까?"

핫독이 말했다.

"빙고."

"그렇다면 우리를 도와주실 수 없나요?"

"난 인간도 싫고, 엘프도 싫어. 둘 다 숲에 도움이 안 되는 놈들이니까. 도롱뇽 칵테일을 마시며 네놈들이 골탕 먹는 걸 구경할 생각이야."

숲의 마녀가 군데군데 빠진 누런 이를 드러내며 씨익 웃었다. 로키는 그 모습에 오싹함을 느꼈다.

"뭐야! 당신을 찾기 위해 그 고생을 했는데, 안 되겠군. 차라리 당신보다 더 능력 있는 겨울 마녀를 찾아가야겠어!"

로키가 소리쳤다.

"뭐? 겨울 마녀라고 했나!"

숲의 마녀가 갑자기 눈이 튀어나올 정도로 놀라며 소리쳤다. 커다란 입에서 튀어나온 고함은 세찬 바람이 되어 방 안을 진동시켰다.

"귀 아파 죽겠네. 그래, 겨울 마녀. 왜요?"

왕자가 물었다.

"그녀는 내 혈육이지."

숲의 마녀가 나직이 말했다. 그 말에 다들 충격을 받았다.

"그럼, 당신은 겨울 마녀의 엄마인가요?"

핫독이 조심스레 물었다.

"아니, 그녀는 내 언니야!"

숲의 마녀가 소리치자 모두 조용해졌다. 같은 혈육, 자매라고 생각할 수 없을 정도로 두 마녀는 달랐다. 코와 코딱지, 눈과 눈꼽, 머리칼과 비듬 같은 단어가 일행들 머리에서 떠다녔다.

"그렇네요. 다시 보니 드로즈 저널에도 써 있네요."

핫독이 씁쓸하게 말했다.

"흥, 네놈들이 무슨 생각을 하는지 다 알고 있지. 나 같은 미인과 그런 추녀가 어떻게 자매인지 놀랐겠지."

로키 왕자 일행은 어떤 의미에서 놀라긴 했다.

"그래, 너희를 언니에게 보낼 수 없지. 좋아, 내가 도와주지. 난 언니보다 더 뛰어난 마녀니까. 너희도 처음부터 나를 원했잖아? 원래 인기 있는 맛집은 손님의 애간장을 태우는 법이지, 끌끌끌. 단, 조건이 있어."

"조건이요?"

로키가 되물었다.

"그래, 별것 아니야."

숲의 마녀가 피아노 건반 같은 이를 드러내며 웃었다.

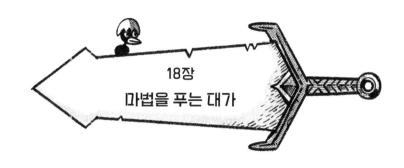

18장
마법을 푸는 대가

숲의 마녀는 여전히 눈앞의 솥단지를 저으며 웃고 있었다. 음흉하게 웃는 얼굴에 주름이 자글자글하게 일자 핫독은 섬뜩함을 느꼈다. 숲의 마녀가 별것 아니라 했지만, 분명 별것일 것 같단 생각이 들었기 때문이다.

"그래, 나도 한가한 사람은 아니고 내 능력도 하찮은 건 아니잖아. 내가 쓸모 있는 이들을 도왔다고 느껴야지. 그래야 보람도 있는 법이고. 그래서 하는 말인데⋯⋯."

숲의 마녀는 휘휘 젓던 솥단지에서 국자를 빼내 입으로 가져가 후루룩 맛을 봤다. 이상한 녹색 국물을 마시는 모습에 로키가 경악했다.

"그거 위험한 거 아닌가요? 눈알도 둥둥 떠다니던데?"

로키가 말했다.

"이상한 비주얼이다냥."

"건방진 놈들! 이건 내 저녁이야. 하여간 내가 말하는데 중간에 끊지 말라고!"

숲의 마녀가 호통을 쳤다. 바냐가 로키 뒤에서 망토를 살짝 잡아당기며 마녀를 도발하지 말라는 신호를 줬다.

"흠, 뭐 알겠습니다. 마저 이야기하시죠."

"그래, 그래야지. 자, 그러니까 너희들은 나에게 도움을 받기 위해서 나를 도와야 해. 공정 거래라는 말 들어 봤지? 서쪽 숲에는 골치 아픈 고블린들이 진을 치고 있지. 어찌 된 일인지 모르겠지만 녀석들이 갑자기 나타났어. 여긴 그놈들

서식지에서 한참 벗어진 곳이고! 귀찮은 일이지. 서쪽 숲은 마법 재료가 넘쳐나는 곳이기도 하거든. 내가 주로 애용하는 곳에 귀찮은 놈들이 무단 점거 중이란 말이야. 그럼 어떻게 해야겠어?"

"함께 저녁 식사? 당신이 지금 만드는 녹색 죽으로?"

로키가 말했다.

"친구가 되는 거요? 그럼 같이 지낼 수 있겠네요."

핫독이 말했다.

"고블린 댄스 파티를 여는 건 어떠냐? 상금도 주고."

카를 대공이 말했다.

"이런, 생긴 것마냥 멍청한 놈들이구나! 뭐? 친구! 내가 성질 고약하고 지저분한 것들 하고 친구를 왜 하겠냐!"

숲의 마녀가 분통을 터트리며 말했다. 샤샤가 그 모습에 놀라 꾸엉, 트림을 했다.

"우리가 당신 대신 고블린을 숲에서 몰아내길 바라는군요."

바냐의 말을 듣고 그제야 숲의 마녀는 만족스러운 웃음을 지었다.

"빙고, 그나마 똑똑한 엘프로군. 이제 알겠지? 너희들이 가서 고블린을 내 숲에서 쫓아내면 나도 너희 문제를 해결해 주지. 어때? 구미가 당기나?"

"좋아요, 그렇게 하지요."

로키가 팬티를 추켜올리며 말했다. 그 모습에 숲의 마녀는 눈살을 찌푸렸다.

"거참, 흥미로운 멍청이로구나. 그나저나 그 팬티 역시 주인을 닮아 흥미롭군."

숲의 마녀가 갸우뚱했다.

"너, 일 끝나고 돌아오면 나에게 그 팬티 한 장 줄 수 있냐?"

"뭐라는 거야! 내 팬티를 왜 당신에게 준단 말이야. 이건 왕족이 입는 귀한 드로즈라고."

'왕족이라…… 어쩐지 범상치 않더라니…….'

숲의 마녀가 생각했다.

"싫으면 말라고. 나도 방금 전 제안은 좀 구질구질했던 거 같으니까."

숲의 마녀는 킁, 하고 콧방귀를 뀌었다. 솥단지 위로 한참을 젓던 국자질을 멈추고 숲의 마녀가 앞에 있는 왕자 일행을 쳐다보았다.

"이제 그만 가 봐. 여기 서서 죽이라도 한 그릇 얻어먹을 생각이야? 내가 자선 사업가로 보여? 난 할 일이 많아. 바쁘다고. 가서 고블린을 쫓아내!"

"그럼 저희 그냥 가면 되나요?"

핫독이 조심스레 물었다.

"그럼 내가 도시락이라도 싸 주랴?"

'애정 결핍이다냥.'

숲의 마녀를 보며 카를 대공이 생각했다.

"전에 겨울 마녀님은 우리 여정에 도움이 될 거라며 이것

저것 챙겨 주셨는데……."

핫독이 쩝쩝거리며 돌아섰다.

"잠깐!"

숲의 마녀가 소리쳤다.

"모두 거기 서 봐. 겨울 마녀가 너희에게 뭘 줬다고?"

"네, 여행에 필요할지 모른다며 얼음 결정석을 주셨죠."

핫독이 말했다.

"그래, 언니가 그랬단 말이지. 그건 마녀의 결정석이야. 마녀들의 정기를 담아 두는 귀한 것인데 그걸 너희에게 줬다? 믿을 수 없군. 그럼 나도 질 수 없지. 너희에게 이걸 주지."

숲의 마녀는 자신의 옷소매 속에 손을 넣어 오렌지색 보석을 건넸다.

"이게 뭔가요?"

"오팔이야. 너희 여행에 요긴하게 쓰일지도 모르겠어. 언니 것보다 더 나을걸?"

숲의 마녀가 어울리지 않게 상냥한 척 말했다.

"당신, 겨울 마녀를 신경 쓰는군."

로키가 말했다.

"어서 꺼져. 잘난 체 말고. 가서 고블린 놈들이나 쫓아내라고!"

숲의 마녀는 얼굴이 조금 붉어져 괜히 큰 소리로 왕자 일행을 내쫓았다. 로키는 마녀들이 대단한 듯 주는 보석들이 마음에 들지 않았다. 이런 것보다 원정에는 따뜻한 포돈베리 파이와 블루베리 주스가 필요했다. 뒤에서 빗자루를 휘두르는 마녀를 피해 왕자 일행은 문을 열고 나왔다. 밖으로 나와 주변을 보자 발밑에는 거대 개구리의 등이 있었고, 눈앞에는 구름과 별이, 그리고 그 밑에는 숲과 산들이 넓게 펼쳐져 있었다.

"흐익, 무서워. 드로즈 궁의 탑 꼭대기보다 더 높은 거 같은데."

로키가 외쳤다.

"여기서 어떻게 내려가냥?"

카를 대공이 우는 소리를 냈다.

하지만 그리 걱정할 일은 아니었다. 어디선가 축축하고 씹다 만 껌 같은 붉은 덩어리가 날아와 왕자 일행을 덮쳤다. 올라왔던 것과 마찬가지로 끈끈한 개구리의 혀는 왕자 일행을 감싼 다음 투포환을 던지듯 하늘 높이 날려 버렸다. 왕자 일행은 눈알이 빙글빙글 돈 채 비명을 지르며 날아갔다. 그들은 마녀의 집을 벗어나 서쪽 숲으로 던져졌다.

19장
야영지에서의 하룻밤

붉은 노을이 하늘을 물들이고 있었다. 개구리 혀에 날아간 왕자 일행은 다행히 푹신한 풀숲에 떨어져 다치지 않았다. 그들은 저녁을 먹기 위해 작은 공터에 모여 불을 지폈다.

"어이구, 허리야. 괴팍한 할망구 같으니. 사람을 이렇게 내팽개치다니."

로키가 허리를 잡고 말했다.

"그래도 마법을 풀 실마리를 잡았잖습니까. 그걸로 만족해야죠."

핫독이 차를 끓이며 말했다.

"그렇다냥. 내가 너희와 함께한 덕분이다냥."

카를 대공이 나무등치 위에서 말했다. 왕자는 뭐라고 한

마디 하려다 배가 고파 그만두었다.

"아, 속이 출출한걸. 이럴 때 통돼지 바비큐가 딱인데."

로키 왕자는 멧돼지 샤샤를 쳐다보았다. 로키의 눈길에 샤샤는 깜짝 놀라 꿀꿀거렸다.

"알았어, 놀라긴. 농담한 거야."

로키는 농담이라 했지만 그건 장담할 수 없는 일이었다. 대신 핫독이 끓인 죽으로 만족해야 했다.

"그나저나 이 고블린들이 서쪽에 있다고 했는데 언제 찾아내서 무찌르고, 마녀에게 또 돌아가나. 참, 복잡하도다."

왕자는 팬티를 한 번 추켜올리며 바냐를 쳐다봤다.

"넌 참 말이 없구나. 웃는 것도 못 본 거 같아."

"나도 네가 짜증 내는 것 밖에 못 봤어."

바냐가 죽을 먹으며 말했다.

"뭐라고! 정말 건방진 엘프군."

하지만 로키는 더 이상 바냐에게 뭐라 하길 포기했다. 자신이 정말로 원정 내내 짜증만 낸 것 같다는 생각이 살짝 들었기 때문이다. 그러나 로키는 화를 낸 것이 아니라 뛰어난

리더가 무능한 부하들을 독려한 것이라, 생각하기로 했다.

죽을 다 먹자 해는 사라지고 두 개의 달이 하늘에 떠올랐다. 모닥불의 노란 불빛이 어두운 숲 주변을 물들였다. 오늘은 숲에서 자고 내일 서쪽으로 고블린을 찾아갈 생각이었다. 하지만 넓은 숲에서 고블린을 만날 수 있을지 걱정이었다. 일행은 조금 지친 상태였다.

"은근히 시간이 소모됐군. 금방 끝날 줄 알았는데."

로키가 말했다.

"왕자님, 이번 모험이 끝나면 국왕님이 좋아하시겠지요?"

"당연하지. 아바마마가 대견해 하실 거야. 사람들도 나를 인정해 주겠지. 이런 상상을 하니 기분이 좋군. 야, 고양이, 너는 계획이 있나?"

"당연하지 않느냥. 나도 너희와 일을 마치고 잃어버린 내 일행을 찾아 나의 나라로

아이구, 허리야.

냥냥

돌아갈 것이다냥. 핫독, 쓰다듬는 손길을 멈췄다냥."

카를 대공의 말에 핫독이 깜짝 놀라 손을 움직였다.

"저도 이번 원정이 무사히 끝나기를 빕니다. 왕자님과 안전하게 드로즈 왕국으로 돌아가는 것. 그리고…… 다시 겨울 마녀님을 만나고 싶은 소망이 있네요."

핫독은 쑥스러운 듯 얼굴을 붉혔다. 로키는 음흉한 미소를 지으며 핫독의 옆구리를 찔렀다.

"그래, 내가 빌어 주지. 마녀는 마녀지만 겨울 마녀 말고 숲의 마녀. 흐흐. 뭘 그리 놀라, 핫독. 농담이야. 넌 뭐 없니?"

로키는 옆의 바냐에게 물었다.

"없어. 그냥 너랑 빨리 헤어지고 싶어."

바냐가 말하자 왕자의 얼굴이 벌겋게 달아올랐다. 로키는 화를 내며 나도 마찬가지라며 씩씩댔다.

"자, 분위기 깨지 말자냥. 이렇게 고즈넉한 상황에서 내가 가만히 있을 수 없다냥. 핫독, 기타를 꺼내라냥."

카를 대공이 말했다. 그 말에 핫독은 주섬주섬 기타를 꺼내 들었다.

"아무 반주나 넣어 봐라냥."

핫독이 감미로운 멜로디를 연주하자 카를 대공은 거기 맞춰 노래를 부르기 시작했다.

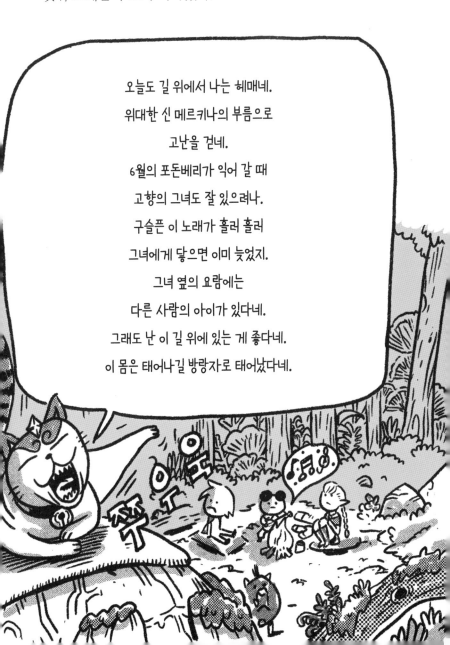

오늘도 길 위에서 나는 헤매네.
위대한 신 메르키나의 부름으로
고난을 걷네.
6월의 포돈베리가 익어 갈 때
고향의 그녀도 잘 있으려나.
구슬픈 이 노래가 흘러 흘러
그녀에게 닿으면 이미 늦었지.
그녀 옆의 요람에는
다른 사람의 아이가 있다네.
그래도 난 이 길 위에 있는 게 좋다네.
이 몸은 태어나길 방랑자로 태어났다네.

카를 대공의 앙칼진 목소리가 밤공기를 타고 숲에 은은하게 울려 퍼졌다. 그 노래를 듣던 멧돼지 샤샤는 두 눈을 감고 스르르 잠에 빠졌다. 모두 평화로운 분위기에 취해 피곤함을 달래고 있었다. 로키와 바냐도 마찬가지였다.

"뭐, 길고양이 노래 치고 영 형편없진 않네."

노래가 끝나자 카를 대공은 고개 숙여 인사했고 나머지는 손뼉을 쳤다.

"오랜만에 실력 발휘 했다냥. 핫독, 쓰다듬는 손이 멈췄다냥."

핫독은 기타를 놓고 다시 카를 대공의 뒷목을 쓰다듬었다.

"넌 왜 이렇게 쓰다듬는 걸 좋아하니?"

핫독이 물었다.

"몰라서 묻는 것이냥? 이건 애정과 사랑의 증표다냥. 서로를 신뢰하는 것이다냥. 전에도 말했지만 우리가 만난 것은 우연이 아닌 필연. 귀한 인연을 필연으로 발전시키는 것은 바로 애정과 사랑. 쓰다듬기야말로 그 증표라고 할 수 있다냥. 세상에서 가장 중요한 건 바로 사랑. 멈출 수 없는 위대함은 바로 사랑과 쓰다듬기뿐이다냥."

'사랑이라고……?'

로키는 카를 대공의 말을 듣고 되뇌었다. 그 사이로 모닥불 빛을 받는 바냐의 옆얼굴이 보였다. 로키는 잠시 바냐를 바라봤다.

그때 모닥불에서 불덩이 하나가 일렁였다.

"냥?"

카를 대공이 의아한 듯 바라보자 모닥불에서 일렁이던 불덩이는 자리에서 벗어나 도망치기 시작했다.

"저기 봐라냥. 불이 도망간다냥."

"내버려둬. 저건 불의 정령이야."

로키가 대수롭지 않게 말했다. 도망가던 불덩이는 고개를 돌려 왕자를 보고 찡긋 윙크를 하고는 숲속으로 달려갔다.

"이그니, 우리가 여기 있는 동안 숲을 불태워 먹진 마!"

로키가 도망가는 불덩이를 향해 소리쳤다.

20장
달이 두 개인 밤의 대화

이제 두 개의 달은 높이 떠 한밤중을 향해 갔다. 멧돼지 샤샤는 아까 잠들었고 카를 대공도 통통한 몸을 둥그렇게 만 채 자고 있었다. 모닥불 근처에 로키가 누웠고 그 옆 나무둥치에 바냐가 걸터앉았다. 핫독은 카를 대공에게 담요를 덮어 주고 샤샤가 잘 자는지 확인한 후 그들 곁에 앉았다.

"자, 오늘 하루도 저물어 가네요. 모두 고생하셨습니다. 그래도 뭔가 수확이 있으니 좋네요."

핫독이 웃으며 말했다.

"그래, 적어도 숲의 마녀가 괴팍한 할멈이란 건 확실히 알았지."

로키가 말했다. 그 말에 핫독이 그렇네요, 라며 웃었다.

"넌 웃는 법 몰라?"

로키가 바냐를 향해 물었다.

"알아."

"별로 웃는 걸 본 적이 없구나."

"웃을 때가 되면 웃겠지."

"가끔은 웃어도 좋잖아. 어차피 함께하게 됐는데. 감정은 억누르는 거 아니야. 나처럼 화도 내고, 짜증도 내고, 웃기도 해야지. 그렇게 거리를 둘 필요는 없어."

로키가 이불을 뒤집어쓰며 말했다. 바냐는 그저 잠자코 있었다.

"멋진 밤이야. 겨울의 밤하늘과는 또 달라. 숲이라 그런가? 공기가 좋아. 별이 아주 선명하잖아. 오래도록 오늘 밤을 기억할 거야. 약간 덜떨어진 너희와 함께한 이 밤을……."

로키는 이렇게 말한지 3초 만에 잠에 빠져 코를 골았다.

"머리만 대면 잔다는 게 바로 왕자님을 두고 한 말이었군요."

핫독이 어이없어 하며 말했다.

"재밌는 분이에요. 안 그런가요? 바냐 님."

핫독이 웃으며 바냐에게 말했다.

"글쎄. 한 가지 확실한 건 제멋대로란 거지."

바냐는 나무둥치 위에서 말했다.

"맞아요, 제멋대로죠. 하지만 왕가의 사람이라 어쩔 수 없어요. 어릴 적부터 모두가 떠받들어 모시니까요. 그래도 왕자님에 대해 한 가지 확실한 건 알고 있습니다."

"뭐?"

"겉으로 보기에 짜증 내고, 불평불만에다 자기밖에 모르는 것 같지만, 그래도 로키 왕자님은 착한 분이라는 겁니다. 저렇게 자신을 위장하고 있는지도 몰라요. 남들에게 자신의 상냥한 모습을 보이려 하지 않지만, 진심은 아닐 겁니다. 왕자로 산다는 것도 쉬운 건 아니니까요. 그래도 왕자님은 노력 중이랍니다."

핫독이 로키를 바라보며 말했다.

"그러니 왕자님을 너무 미워하지 마세요."

핫독은 이불을 덮으며 누웠다.

"그래, 노력해 볼게."

바냐는 핫독을 보고 말했다.

핫독도 피곤한 원정 탓에 얼마 지나지 않아 잠에 빠졌다. 모두가 잠들고 바냐 혼자 남아 밤의 숲을 바라봤다.

인간은 대체로 믿을 수 없는 존재다. 그들이 벌이는 무분별한 약탈과 자원의 낭비, 영토 확장으로 인해 포포 대륙은 몸살을 앓고 있었다. 모든 것을 인간의 관점으로만 바라봤다. 인간들의 탐욕 때문에 엘프의 숲은 파괴되고, 마법사들은 마력을 점점 잃어 갔다.

"핫독, 미안하지만 상냥한 인간은 없어."

바냐가 혼잣말을 했다.

"어릴 적 인간들에게 납치된 적이 있었거든. 그들은 날 구

경거리로 만들고 우리에 가두었지. 메아 님이 날 구해 주지 않았다면 난 아직도 그들의 구경거리로 살고 있을지 몰라."

바냐는 가슴속 깊이 감춰 둔 옛이야기를 털어놨다. 듣는 이 없는 바냐의 과거는 비참하고 서글펐다.

"그런 놈들은 내가 혼내 줄게."

바냐는 흠칫 놀라 소리 나는 쪽으로 고개를 돌렸다. 로키가 담요를 반쯤 걷어차고 잠꼬대를 하고 있었다. 바냐는 '또 시작이군.' 하고 생각했다.

"음냐, 엘프를 납치하는 놈들은 내가 감옥에 가둘 거야.

냈시? 코떡지, 음냐."

로키가 잠꼬대했다.

"너는 나를 싫어하잖아."

"그렇지, 음냐."

"그런데 왜?"

"쩝쩝, 무표정한 너는 싫어하지. 하지만 웃는 너는 싫어하지 않아. 통닭이 하늘을 나네, 음냐."

바냐는 나무둥치에서 몸을 돌려 로키를 바라봤다.

"나쁜 일이 많아도 거기에 휩쓸리지 않는 게 중요해. 힘들 때 팬티를 추켜올리듯이, 음냐. 그러니까 뚱한 표정 좀 그만 지으라고, 음냐. 난 네가 웃는 게 좋아. 너랑 이렇게 엮인 게 무진장 싫지만, 한편으로 나쁘지 않아, 음냐."

"난 그렇게 한가하지 않아. 하이 엘프 선봉대 요원으로 임무를 수행해야 해. 그게 내 존재의 이유야."

바냐가 말했다.

"그게 웃는 거랑 무슨 상관이지? 임무를 수행하면서도 동료와 즐거울 수 있잖아, 바비큐! 음냐. 너를 보면 나도 내 마음을 잘 모르겠어. 까칠한 네가 정말 싫었는데……."

147

바냐는 다음 말을 기다렸다.

"그런데?"

"너는 내가 너무 사랑했던 사람과 꼭 닮아서 미워할 수 없어. 핀도르 숨구멍이 보이잖아! 음냐."

바냐는 할 말을 잃었다. 그리고 한동안 말없이 모닥불을 바라보았다. 실눈을 살짝 뜬 카를 대공이 둘의 대화를 엿들었다.

'모든 건 사랑이다냥.'

카를 대공은 흐뭇한 미소를 지으며 다시 눈을 감았다.

바냐는 이야기 중간에 발차기를 날리며 몸을 배배 꼬는 로키와 옆에서 잠든 다른 일행을 둘러봤다. 그리고

왕자가 말한 니무 시랑했다는 사람
에 대해 생각했다.

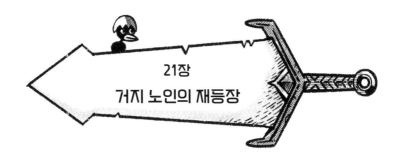

21장
거지 노인의 재등장

"아, 목 아파. 왜 자고 일어났더니 목이 부었지? 밤새 수다를 떤 기분이야."

아침 해가 떠오르자 로키가 자리에서 일어나며 투덜댔다.

옆에는 이미 다른 사람들이 일어나 아침을 준비하고 있었다. 모닥불 위에 샤샤몬 빵이 구워지며 향긋한 냄새가 피어올랐다.

"오늘 아침은 빵이군."

로키는 궁의 진수성찬이 그리웠지만 여기선 빵으로 만족할 줄 알아야 했다. 고개를 돌려 바냐를 보자 그녀는 로키 곁에 조용히 앉아 있었다.

"이봐, 엘프. 바냐라고 했지? 내가 잘 때 이상한 일 없었어? 전갈이 내 목을 공격한 일 같은 거."

"그다지."

바냐가 조용히 말했다. 하지만 퉁명스러운 말투는 아니었다. 로키는 의아했지만, 바냐가 저혈압 같은 게 있어 아침엔 차분한가 보다 생각했다.

"왕자님, 아침 식사 드시지요. 오늘은 기운 내서 고블린 소굴을 찾아내시죠."

핫독이 샤샤몬 빵을 내밀었다.

"그래, 어이구, 잊고 있었네. 이 넓은 숲에서 고블린들을 찾아야 했지."

카를 대공이 조용히 빵을 뜯어 먹었고, 샤샤는 빵을 이미 다 먹고 아쉬워 꿀꿀거렸다. 롤리는 주변에서 풀을 천천히 씹어 먹으며 새로운 모험에 대비했다.

로키가 샤샤몬 빵을 받아 들고 한 입 크게 베어 물려고 했는데 바로 옆에서 누군가 슬며시 다가왔다.

"냄새가 근사하군."

로키가 익숙한 목소리에 고개를 돌리자 의외의 인물이 보였다. 이 숲과 왕자 일행 사이에 있어선 안 될 인물. 머리

가 반쯤 벗겨진 늙고 초라한 노인이었다.

"당신은 왕눈이 주점에서 만났던 노인!"

로키가 놀라 소리쳤다.

"빙고!"

노인은 피아노 건반 같은 이를 보이며 씩 웃었다. 로키와 핫독이 깜짝 놀라자 나머지 일행들은 눈을 끔벅이며 노인을 궁금해했다.

"여긴 웬일이세요?"

핫독이 물었다.

"그게 중요한 게 아니잖아. 너흰 또 뭔가 찾고 있지. 그런데 그 빵 먹을 거야?"

말은 이렇게 했지만 노인은 벌써 왕자의 손에서 빵을 빼앗아 갔다.

"뭐야! 이 영감⋯⋯."

로키가 소리치며 빵을 다시 빼앗으려 했다.

"고블린을 찾고 있잖아."

노인의 말에 로키가 멈칫했다. 노인의 머리 위에 똥파리 몇 마리가 웽웽대며 날아다녔다. 아무리 봐도 수상한 노인이었다. 지저분하기도 했고.

"그럼 어르신이 이 숲에 쳐들어온 고블린이 어디 있는지 아신단 말씀이에요? 좀 더 자세히 말씀해 주십시오."

노인은 입을 오물거리며 빵을 먹어 치우다 로키의 질문에 대해 생각하는 듯 보였다.

"몰라."

"하, 기대한 내가 바보지. 이 영감이 또 이러는군."

"알아."

"어르신, 믿고 있었습니다. 어서 알려 주십시오."

"글쎄."

"뭐가 글쎄라는 말씀입니까?"

로키의 물음에 노인이 씨익 웃었다.

"피아노 건반이다냥."

카를 대공이 노인의 이를 보고 외쳤다. 그러자 핫독이 쉿, 하고 주의를 줬다. 바냐는 노인을 유심히 쳐다봤다.

"알잖아. 공짜는 없지."

노인은 이제 일행의 중앙으로 들어와 모닥불에 놓인 찻 주전자에서 차를 한 잔 따라 호호 불며 마셨다.

"쩝쩝, 알다시피 이건 귀중한 정보야. 현실은 정보가 모든 힘의 원천이거든. 냠냠. 내가 이렇게 너희 아침을 빼앗아 먹 어도 암말 못하는 것처럼. 그러니 그 정도에 해당하는 쓸 만 한 대가가 필요하지. 넌 팬티 입은 왕족이잖아."

'이 영감, 상습범이잖아.'

로키가 생각했다.

"뭐라고? 지금 뭐라고 웅얼거렸는데?"

노인이 묻자 로키는 도리질 쳤다.

"그럼 뭘 원하는 거죠?"

바냐가 노인에게 물었다.

"엘프로군. 그것도 하이 엘프. 이런 곳에서 보다니 반갑네. 요즘 엘프들끼리 사이가 안 좋던데. 숲이 시끌시끌하더라고. 뭐 그건 됐고, 그래 내가 원하는 건 지난번처럼 별것 아니야. 그저 작고 단단하며 오렌지색이 감도는 거. 이 정도얘기하면 너희도 알겠지?"

노인은 찡긋 윙크를 날렸다. 그 모습에 카를 대공의 털에 소름이 돋았지만 핫독이 달래듯 쓰다듬어 주자 안정됐다.

"그럼 예전처럼 노인장이 원하는 건 바로 이것이겠군요."

로키는 자신의 팬티 안에서 숲의 마녀가 준 오렌지색 오팔을 꺼냈다. 보석을 노인에게 내밀자 그의 눈에 생기가 돌며 번쩍였다. 그것은 조금 전까지 지저분하고 늙은 사람의 눈빛이 아니었다. 노인은 숲의 마녀가 준 오팔을 살피고 입

으로 가져가 깨물어 보더니 흡족한 표정을 지었다. 역시 로키의 팬티 안에서 나온 물건이란 건 상관하지 않았다. 바냐와 카를 대공, 멧돼지 샤샤는 헛구역질을 했다.

"자, 이제 노인장이 대답할 차례요."

로키가 오팔을 건네고 노인에게 물었다.

"좋아, 너희가 찾는 고블린은……."

모두 침을 꿀꺽 삼키고 노인의 다음 말에 귀를 기울였다.

22장
모든 게 계획대로군!

"아니, 뭐 그런 영감쟁이가 다 있어."

로키는 투덜댔다.

"쉿, 왕자님. 목소리가 너무 커요."

왕자 일행은 수풀에 숨어 어딘가를 주시했다. 나무 울타
리가 쳐진 곳에 코가 뾰족하고 키가 작은 대머리 고블린 둘
이 서 있었다.

"밤새 여기 있었는데, 우리 바로 발밑에 고블린 본거지가
있었다니. 영감, 대단한 걸 알려 주는 듯 생색내고 내 샤샤
몬 빵까지 먹어 치웠어. 다음에 만나기만 해 봐!"

로키는 분통을 터트렸다.

왕자 일행이 어제저녁 머문 언덕 바로 아래 고블린의 본

거지가 있었다. 로키는 어이없음과 동시에 화가 났다. 마녀의 오팔 결정석을 준 것은 별로 아깝지 않았다. 먹을 수도 없으니까.

한편 로키 왕자와의 거래에 성공한 노인은 뒤뚱뒤뚱 숲을 걸었다. 어느 정도 걷자 노인은 커다란 칼날잎 나무 뒤로 몸을 감췄다. 노인이 거대한 나무 뒤에 몸을 완전히 숨기자 펑, 소리와 함께 연기가 피어올랐다. 연기가 걷히자 그곳에 건장한 중년 남자가 등장했다. 추레한 노인은 보이지 않았다. 흰머리를 뒤로 넘긴 날카로운 눈빛의 중년 남자는 검고 긴 망토를 두르고 있었다. 그의 가슴과 허리에는 톱니 장치와 전선 같은 것들이 얽혀 있었다. 그의 이름은 바로 '샤이아'였다.

그는 품 안에서 방금 왕자에게서 얻은 오렌지색 결정석을 꺼냈다. 그리고 다른 쪽에서 겨울 마녀에게 받았던 보라색으로 빛나는 투명한 얼음 결정석도 꺼내 들었다. 두 보석에서 뿜어져 나오는 빛이 샤이아의 얼굴을 비췄다. 보석에서 흘러나오는 빛을 보자 샤이아의 큰 입이 만족스럽게 벌어졌다.

"크크크, 생각보다 일이 너무 쉽게 풀리는군."

두 보석을 맞대자 공명하듯 진동과 음파가 발생했다. 그러자 샤이아의 허리춤에 있던 기계 톱니들이 살아나 딸그닥거리며 움직였다.

"이것으로 우리 마법 공학 법사들이 포포 대륙을 차지할 과업에 한 단계 더 다다랐다, 크하하하."

샤이아가 큰 소리로 웃었다.

웃음소리를 쫓듯 검은 연기가 샤이아 근처로 다가와 뭉쳐지기 시작했다. 샤이아는 놀라는 기색 없이 그 상황을 지켜보았다. 연기는 이내 실체를 갖추고 샤이아의 눈앞에 모습을 드러냈다.

샤이아의 앞에 모습을 나타낸 건 바로 사악한 미소를 짓는 다크 엘프 '마론'이었다.

고블린들의 본거지 앞에 두 명의 보초가 있었다. 울타리로 뱅 둘러친 초소를 지나면 바위를 파낸 긴 굴이 보이는데 바로 이곳이 고블린들의 본거지였다.

정문을 지키는 고블린 둘이 서로 맛있는 음식에 관해 이야기 중이었다.

"늪지 파이가 최고지."

"무슨 소리. 넌 진흙 그라탱을 못 먹어 본 모양이군."

"그래, 그렇다고 하지. 하지만 통돼지 바비큐보다 맛있다고는 못 할걸?"

"그건 그렇지. 인정할 수밖에 없군."

"꾸엑!"

통돼지 바비큐라는 소리에 샤샤가 깜짝 놀라 소리 질렀다. 포포 대륙 사람들은 돼지고기를 좋아하는 모양이었다.

"이게 무슨 소리지?"

보초를 서던 고블린은 소리 나는 곳으로 고개를 돌렸지만, 그곳에 둘러친 담장과 그 밑에 잔디와 풀밖에 보이지 않았다. 왕자 일행은 현재 풀더미로 위장하고 입구를 지나는 중이었다.

"조용히 해. 이리디가 들키면 어쩌려고 그래."

로키가 속삭였다.

로키의 계획은 간단했다. 이대로 풀더미로 위장한 채 깊숙한 안쪽까지 침투해서 고블린들의 대장을 잡고 녀석의 항복을 받아 내는 일이었다. 바냐도 어느 정도 이 작전에 동의했다. 로키는 바냐가 순순히 따라나서서 놀랐지만, 그런 결정에 은근 기분이 좋은 건 어쩔 수 없었다. '넌 머리가 있는 거니?' 혹은 '한심한 작전이구나.' 같은 소리를 듣지 않아 만족했다. 그리하여 그들은 움직이는 풀더미가 되어 살금살금 안으로 이동 중이었다.

입구의 보초를 지나자 자신감이 붙은 일행은 조금 더 안으로 전진했다.

"이제 어느 정도 안으로 온 거 같으니까. 위장을 풀어 볼까."

"좋다냥. 우리의 시간이다냥."

로키가 풀더미를 치우고 머리를 내밀었다.

"어라!"

"왜 그러세요? 왕자님."

핫독도 고개를 내밀었다. 바냐와 카를 대공, 맷돼지 샤샤도 위장을 풀고 나와 주변 상황을 보고 경악했다.

"뭐야! 침입자인가, 한심한 놈들이로고."

로키 일행이 도착한 곳은 고블린들이 모여 있는 식당 한가운데였다. 그들은 오붓하게 점심을 먹으러 모두 모여 있었다. 기다란 테이블 상석에 검은 갑옷을 입은 고블린 대장 '크론'이 웃고 있었다. 나머지 고블린도 왕자 일행을 보고 허리춤에 찬 각자의 칼을 꺼내 들었다.

"좋아, 모든 게 계획대로군!"

로키가 콧방귀를 뀌며 소리 질렀다.

"정말이냥?"

카를 대공이 깜짝 놀라 소리쳤다.

물론 그럴 리 없었다.

"너희 같은 멍청한 놈들은 처음이로다."

고블린 대장 크론이 껄껄대며 외쳤다.

"어차피 잘됐어. 숲의 마녀가 고블린을 모두 쫓아내라고 했으니. 기왕 이렇게 된 거 망망대해로 간다."

"왕자님, 그거 일망타진을 말씀하신 거죠?"

"크하하하, 네놈 패션을 보니 정신 상태는 안 봐도 뻔하구나. 팬티를 겉에 입는 녀석이라니!"

크론이 말했다.

"야, 몇 번을 말해야 알아. 이건 바지 위에 입은 거라고."

"난 처음 들었도다!"

크론이 외쳤다.

"뭐, 그런 게 중요하겠는가. 너희 놈들이 침입자라는 게 중요하지."

크론은 부하들에게 무기를 들라고 명령했다. 그리고 동그란 대형을 만들어 왕자 일행을 에워쌌다. 고블린들의 손에 든 날카로운 톱니 칼이 번쩍였다.

"고블린은 늪지나 지하 생활을 하는데, 어째서 이런 숲까지 나타나 자리를 잡은 거지? 이유가 있을 거 아니야?"

바냐가 단검을 뽑으며 소리쳤다.

단상 위에 있던 크론이 앞으로 나서며 바냐를 바라봤다.

"크크, 그게 궁금한가? 그것보다는 너희가 지금 처한 상황을 벗어나는 게 급선무일 텐데. 하긴 여기서 살아남기는 쉽지 않을 테니 살짝 말해 줄까? 이제 곧 큰 변화가 찾아올 것이야. 우리가 곧 있으면 포포 대륙 전체를……."

"대장, 그만 말하십시오!"

크론은 똑똑해 보이는 안경 낀 부하의 말을 듣고 입을 다물었다.

"그래, 이제 곧 죽을 놈들은 알 필요 없는 일이지. 얘들아, 녀석들을 공격해!"

크론의 명령에 고블린들이 달려들었다. 고블린은 혼자 있으면 겁이 많아 별 것 아니었지만, 무리 지어 있으면 상당히 난폭하고 위험한 존재로 돌변했다.

무차별로 달려드는 고블린은 로키 일행에게 들이닥쳤고, 일행은 동그란 굴의 한쪽 벽으로 밀려나며 각자 무기로 고블린을 막아 냈다. 로키는 드로즈 안에 숨겨 놓은 검을 빼 들었고, 바냐는 활과 단검을, 핫독은 방패로 막으며 한쪽 손으로 카를 대공을 쓰다듬었다. 날카로운 칼날이 부딪치는 소리가 동굴 벽을 타고 울려 퍼졌다. 수적으로 열세에 몰리자 바냐의 등이 고블린들에게 무방비로 노출되었다. 그 틈을 노려 공격이 들어오자 멧돼지 샤샤가 콧김을 쿵, 뿜으며 달려가 고블린을 들이받았다.

"고마워, 샤샤. 네가 날 도왔구나."

바냐가 말헀다. 그러나 위기는 끝나지 않았다. 덩치 큰 고블린 하나가 샤샤 뒤에 나타나 큰 돌망치를 순식간에 휘둘렀다.

"꾸엑!"

돌망치를 맞은 샤샤는 그대로 몸이 붕 떠 벽에 부딪혔다.

"샤샤!"

로키와 핫독, 바냐가 소리쳤다.

"낭패다냥, 샤샤가 당했다냥."

로키 일행은 일순 멍해져 샤샤가 쓰러진 방향을 바라봤다. 크론은 그 모습에 의기양양해져 목소리를 더 높였다.

"이때다. 놈들이 당황하기 시작했도다. 어서 공격하라!"

크론의 명령에 고블린들은 궁지에 몰린 로키 일행에게 일제히 달려들었다.

"왕자님, 큰일입니다."

아까부터 바냐와 묶인 발이 신경 쓰여 제대로 싸우지 못하던 로키는 난감했다.

"여기서 이런 못생긴 고블린한테 당하는 거야? 설마?"

"정신 차려, 아직 포기할 때가 아니야!"

로키와 발이 묶여 제 실력을 발휘하지 못하던 바냐가 외쳤다. 그러나 승산은 없어 보였다. 오직 카를 대공만이 이 상황 속에서 침착했다. 파도처럼 몰아치는 고블린 무리가 일행을 향해 번쩍이는 톱니 칼을 휘둘렀다. 왕자와 바냐는 마지막이 될지도 모를 공격을 준비했다. 그때, 그들이 서 있던 뒤쪽 벽으로부터 작은 진동이 울렸다.

"뭐지?"

로키가 말했다.

곧이어 진동이 점점 세지더니 이내 굉음을 내며 그대로 벽이 뚫렸다.

"저건 또 무슨 일이란 말이냐?"

크론이 외쳤다.

크론이 외친 것으로 보아 새로 등장한 이는 그들 편은 아닌 듯 보였다. 왕자가 서 있던 뒤쪽 벽에 커다란 구멍이 뚫리고 그곳에 덩치가 아주 큰 남자가 나타났다. 털가죽을 어깨에 걸치고 새의 두개골을 가슴에 매단 거대한 남자. 그의 눈은 날카롭고 코는 새빨갰다. 그는 드루이드 와카였다. 회색늑대 왑이 샤샤의 냄새를 쫓아 이곳 고블린의 영역까지 들어온 것이었다. 와카가 벽을 뚫고 들어오자 그 뒤로 갈색 곰 그리와 회색늑대 왑이 따라 들어왔다.

로키 일행은 갑자기 나타난 와카가 적인지, 아군인지 조심스럽게 예측했지만 아무리 봐도 고블린과 한패 같아 보이지는 않았다. 그리고 잠시 후 로키는 와카가 외치는 소리를 듣고 적이 아님을 알 수 있었다.

"저기 봐. 그리, 왑, 샤샤가 쓰러져 있잖아!"

와카는 분노에 차서 소리쳤다.

24장
고블린의 무서운 계략

고블린과의 전투에 갑자기 등장한 와카는 쓰러진 샤샤를 발견하고 울부짖었다.

"샤샤, 어쩌다가 이런 봉변을 당한 게냐. 그러게 이 아빠를 기다렸어야지. 그렇게 사라지면 어떡하란 말이야. 그리가 네 엉덩이를 깨물었어도, 왑이 네 냄새에 코를 땅에 박았어도 우리가 너를 사랑하는 건 변함없는데."

와카가 샤샤가 쓰러진 곳으로 달려가 상처를 살폈다.

고블린 대장 크론도 느닷없이 벌어진 이 상황에 조금 당황했다. 왕자 일행과 고블린들 역시 멍한 채 자리에 멈춰 섰다.

"안 되겠다. 샤샤, 얼른 이 아빠의 비약을 먹으렴."

와카는 품속에서 유리병 하나를 꺼내 샤샤의 입속으로 넣었다. 콧물처럼 노란 액체가 주우욱 늘어져 샤샤의 입속으로 들어갔다. 로키는 그걸 보고 헛구역질이 났다. 약이 들어가자 눈을 감고 있던 샤샤가 꿀꿀거리며 정신을 되찾았다.

"샤샤, 아빠를 알아보겠니? 여기 그리와 왑도 같이 있단다. 이 귀여운 것. 다시는 아빠를 떠나지 마렴."

와카가 샤샤의 얼굴을 부비며 말했다.

"이거 뭐가 어떻게 되는 거야?"

로키가 말했다.

"왕자님, 저 남자가 샤샤의 가족인 것 같아요. 샤샤를 찾으려고 우리를 따라온 듯 보입니다. 그러니……."

"이봐요, 아저씨. 우리가 샤샤를 보호하고 있었는데 여기 있는 고블린들이 샤샤를 때렸대요. 순 나쁜 놈들이래요."

로키가 잽싸게 일러바쳤다. 그 모습을 보고 바냐가 고개를 절레절레 흔들었지만, 로키가 예상한 대로 일이 벌어졌다.

"이 좁쌀만 한 고블린 놈들이. 우리 샤샤를 공격했단 말이지? 예로부터 고블린은 말썽을 일으켰지. 그럴 때 딱 필요한 건 바로 주먹맛을 보여 주는 거지. 그리, 왑! 이제부터 저 뒤에 팬티 입은 꼬마를 도와 고블린을 물리친다. 가자!"

와카가 외치자 그리와 왑이 이빨을 드러내며 으르렁거렸다.

"저것 봐라냥. 아름다운 모습이다냥. 내가 말한 멈추지 않는 애정과 사랑. 그것이 지금 일어나고 있지 않느냥. 핫독,

173

쓰다듬어라냥."

샤샤를 쓰다듬는 와카를 보며 카를 대공이 말했다.

밀렸던 기세는 또다시 역전이 되었다. 드루이드 와카가
그리와 왑을 앞세워 고블린을 공격했다. 와카는 커다란 해
머를 휘두르며 돌격했고, 갈색곰 그리는 완력으로 고블린들
을 날려 버렸다. 회색늑대 왑은 날랜 동작으로 고블린 사이
로 움직이며 이빨로 공격했다. 로키도 이때다 싶어 팬티를
한 번 추켜올리며 친구들에게 소리쳤다.

"우리도 질 수 없지. 다시 고블린과 전투를 벌인다, 가자!"

일행은 다시 벽에서부터 고블린을 물리치며 대장인 크론
쪽으로 밀고 갔다.

"괘씸한 놈들이로고. 안 되겠다. 내 활을 가져와라!"

크론은 부하에게 받은 활의 시위를 당겼다.

"일단 저 팬티 입은 녀석이 맘에 안 드는군. 저놈부터 없
애 주겠노라."

크론은 로키에게 활을 겨누고 그대로 화살을 쏘아 보냈다.
화살은 빠른 속도로 로키의 가슴을 향해 날아갔다. 하지만
바냐가 미리 알아채고 들고 있던 단검으로 화살을 쳐냈다.

174

"아이구, 깜짝이야."

로키는 코앞까지 날아오던 화살을 걷어 내는 바냐를 봤
다. 순간 모든 것이 슬로우 비디오처럼 천천히 움직였다. 금
빛 머리칼이 휘날리며 오똑한 코와 큰 눈망울이 반짝이는
바냐의 얼굴을 보자 로키의 가슴이 두근거렸다.

"이, 이 정도는 나도 막을 수 있었는데 쓸데없는 짓을 했
구나!"

로키는 얼굴이 조금 붉어진 채 말했다.

"네가 쓰러지면 나도 제대로 싸울 수 없어서 도와준 거야."

바냐가 말했다.

싸움이 어지럽게 벌어지자 로키는 바냐에게 소리쳤다.

"이 싸움을 단숨에 제압하려면 저기 있는 대장 고블린을 잡아야 해. 우리가 함께 가서 녀석을 물리치자."

로키가 소리쳤다. 바냐 역시 로키의 말에 동의하고 한 몸처럼 움직여 단상 위에 있던 크론을 향해 달려들었다.

"흥, 저놈들이 나를 노리고 있도다. 맹랑한 것들!"

로키와 바냐는 합을 맞춘 것처럼 발을 움직였다. 그리고 크론의 앞에 당도할 무렵……

크론이 옆에 있던 막대를 잡아당겼다.

"크하하, 한심한지고. 너희 같은 놈들이 한둘이겠느냐. 그에 대비해 이 장치를 만들 었도다!"

크론이 막대를 잡아당기자 그를 향해 달려오던 로키와 바냐의 발아래 판자가 열렸다. 무방비로 앞을 향하던 둘은 바닥이 사라지는 아찔한 기분을 느꼈다. 로키의 한쪽 손이 가까스로 구덩이 입구를 잡았다. 그러나 뒤쪽에 떨어지던 바냐는 왕자와 멀어지자 발목에 고통이 찾아와 비명을 질렀디.

"꺄악!"

'이런, 구속 마법을 잊고 있었네, 그렇다면…… 어쩔 수 없군.'

그 소리를 들은 로키는 스스로 손을 놓고 바냐를 따라 밑바닥으로 떨어졌다.

"크하하하, 이로써 성가신 두 놈은 제거됐도다. 밑에 아주 재밌는 게 기다리고 있으니 잘 놀아 보거라. 애들아, 이제 몇 놈 없으니 나머지는 차근차근 없애라."

크론이 큰 소리로 부하들을 격려했다.

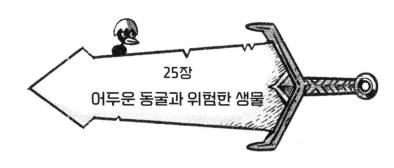

25장
어두운 동굴과 위험한 생물

"아이구, 허리야."

로키는 허리를 부여잡고 바닥에서 몸을 일으켰다. 바냐는 떨어지기 전 낙법으로 안전하게 착지했다. 고개를 들고 사방을 보자 컴컴한 어둠뿐이었다. 여기가 어느 정도 큰지, 얼마나 깊은지 가늠하기 어려웠다. 위를 올려다보니 이미 입구가 닫힌 듯 진한 암흑만이 로키와 바냐를 감싸고 있었다.

"어이, 엘프. 괜찮아? 여기 있는 거지?"

"엘프, 엘프 하지 말아 줄래? 나한테도 어엿한 이름이 있어."

쉿, 조용.

오, 나도?

바나가 어둠 속에서 말했다.

"그래, 알았어. 나도 알지. 이름이 없는 사람은 없으니까. 그냥 난 급한 마음에 부른 거야. 너도 나 닮아 가냐? 왜 그렇게 화를 내."

평소의 로키라면 같이 화를 냈겠지만 화살이 날아오는 걸 막아 준 것도 있고 해서 좀 다정하게 대해 보려 노력했다.

"라이라."

바냐가 나지막이 주문을 읊조리자 손에서 불빛이 새어 나왔다. 로키는 그 모습을 보고 멋지다고 생각해 자신도 조용한 목소리로 '라이라' 하고 따라해

보았다. 그러자 왕자의 손 안에 작은 불빛이 빛나다 이내 사라졌다.

"와, 이거 봐. 나도 뭔가 할 수 있나 봐. 방금 전에……."

"쉿!"

바냐가 로키에게 주의를 줬다. 로키는 바냐가 뭔가 심상치 않은 얼굴로 어둠을 바라보는 걸 보았다. 로키도 그곳을 쳐다봤다. 암흑 속에 거대하고 불길한 무언가가 있었다. 바냐는 손을 앞으로 뻗어 빛을 비추었다.

그것의 정체는 머리가 크고, 등이 굽었으며 강철 같은 피부를 지닌 '오우거'였다. 오우거는 엄청난 힘과 난폭성으로 통제가 안 되는 공격적인 생물이었다. 로키도 멀리서 몇 번 마주친 적이 있지만, 실제 싸움을 벌인 일은 한 번도 없었다. 오우거와 싸운다는 것 자체가 정신 나간 일이라는 건 모두 다 아는 사실이다. 그러나 지금 오우거와의 싸움은 불가피해 보였다.

"이곳에 오우거를 가둬 놓았을 줄이야."

로키는 마른침을 꿀꺽 삼켰다.

눈앞에 오우거는 콧김을 뿜으며 로키와 바냐를 바라봤

디. 붉게 빛나는 눈이 어둠 속에서 번뜩였다. 이윽고 겨드랑이와 등에서 뜨거운 김을 내뿜었다. 오우거는 큰 몸을 움직여 두 사람을 향해 달려들었다.

"온다, 조심해."

바냐가 달려오는 오우거를 향해 화살을 쐈지만 두꺼운 가죽에 그대로 튕겨 나갔다. 거대한 주먹이 두 사람 사이로 날아들었다. 바냐와 로키가 서로 반대 방향으로 움직이자 다리에 통증이 밀려 왔다. 다행히 오우거의 주먹은 피할 수 있었다.

"우리, 같은 방향으로 움직여야 할 거 같아. 다리에 통증이 심해지고 있어."

바냐가 소리쳤다.

그 와중에도 오우거는 막무가내로 주먹을 흔들었고 그럴 때마다 요란한 소음이 일었다.

"알았어. 최대한 너와 멀어지지 않도록 해 볼게."

로키는 이렇게 말했지만 이때는 앞으로 둘 사이가 계속 운명의 고리로 연결되리라 생각하지 못했다. 머리 위 굴 밖에서는 아직 싸움이 계속되는지 소란스러웠다. 로키가 오우거의 등을 타고 위로 올라가 목덜미에 칼을 찔러 넣었지만, 어찌 된 일인지 칼이 그대로 튕겨 나갈 뿐이었다.

"이상해. 이 녀석 몸이 너무 단단해. 갑옷처럼!"

그러는 사이 오우거가 로키를 잡아채 그대로 벽에 던져 버렸다.

"어어?"

로키의 몸은 보기 좋게 날아가 동굴 벽에 부딪쳤다.

"어이구, 내 갈비뼈."

바냐 역시 발목에 묶인 구속 마법 때문에 같이 끌려 로키 쪽으로 이동할 수밖에 없었다.

'누가 이런 장난을 쳤는지 잡히기만 해 봐.'

바냐가 부어오르는 발목을 보며 이를 가는 사이 오우거 의 붉은 눈이 바냐를 바라봤다. 거대한 주먹을 가장 가까이 있던 바냐에게 뻗었다. 발목의 통증 때문에 정신을 차리지 못한 바냐는 오우거의 주먹을 막을 재간이 없어 보였다. 눈 앞까지 빠르게 다가온 거대한 주먹은 '퍼억' 둔탁한 소리를 내며 무언가를 강타했다.

"꺄아악."

비냐는 비명을 질렀지만, 어찌 된 일인지 아무런 고통도 느껴지지 않았다. 감은 눈을 뜨고 불을 밝히자 바냐의 앞에 오우거의 주먹을 막아선 로키가 보였다.

"너……."

바냐가 커진 눈으로 로키를 바라봤다.

"왜?"

바냐가 물었다. 그러나 로키는 대답하지 않았다.

오우거의 거대한 주먹을 맨몸으로 받아낸 로키는 커다란 고목이 쓰러지듯 옆으로 천천히 쓰러져 갔다. 쿵 소리를 내며 로키는 그대로 바닥에 드러누웠다.

"로키!"

바냐가 쓰러진 로키를 보며 소리쳤다. 바냐가 로키의 이름(너, 야, 바보라고 부른 것 말고)을 부른 것은 이번이 처음이었다.

조금 전 로키는 바냐에게 주먹을 뻗는 오우거를 보고 고민에 빠졌다.

'아니, 저 무식한 오우거가 여자라고 안 봐주는구나. 저 약골 엘프가 주먹을 맞고 무사할 수 있을까? 내가 살짝만 움직여도 발목 아프다고 꺅꺅 소리지르던 녀석인데…… 그렇다고 내가 저걸……. 에라, 모르겠다.'

여기까지 생각한 로키는 몸을 날려 바냐 대신 주먹을 맞았지만, 온몸을 울리는 고통이 일자 자신의 선택을 살짝 후

회했다.

"너, 왜 그랬어?"

바냐는 쓰러진 로키 왕자를 끌어안았다.

"왜 나를 위해 희생한 거야?"

바냐의 물음에도 로키는 대답이 없었다. 로키는 눈을 꼭 감고 죽은 사람처럼 미동도 없었다. 바냐는 그 모습에 겁이 났다.

"로키, 정신 차려! 이대로 죽지 마!"

"으……. 소리 좀 지르지 마. 귀 아파 죽겠어."

"너 괜찮은 거야?"

바냐가 놀라 소리쳤다.

"그래, 괜찮아."

"왜 나 대신 그런 거야?"

"다…… 다리가 꼬여서 그런 거야. 오해는 하지 마. 사실이 아냐."

"왜, 너는 왜?"

그때 어디선가 워우워우워 하는 바람 소리가 들려왔다.

로키는 머리를 짚으며 상체를 힘겹게 일으켰다. 바냐는

로키의 다리가 꼬였다는 말이 거짓이란 걸 알았다. 로키가 오우거의 공격을 맞고 멀쩡할 수 있다는 사실이 믿기지 않았다. 보통 사람이라면 그 자리에서 즉사해도 이상할 것이 전혀 없었다.

"그리고 너는 너무 약골이잖아. 내가 좀만 움직여도 악, 아파요! 비명이나 지르면서. 맞아도 내가 얻어맞는 게 낫지 않겠어."

로키가 말했다.

바냐는 그 말을 듣고 지난번 핫독이 한 이야기가 떠올랐다.

"왕자님은 조금 까칠하고 성미가 급하고, 남과 다투기 좋아하며, 할 말 못 할 말 구분 못 하고 무분별하게 행동할 때가 많습니다. 하지만 분명 좋

다리에서
빛이…

은 분입니다."

바냐는 자신의 눈가에 눈물이 흐르고 있다는 사실도 몰랐다. 이 눈물이 괴팍한 인간 꼬마 때문이라는 걸 믿을 수 없었다.

"이봐, 약골 엘프. 거기 언제까지 앉아 있을 셈이야."

로키 왕자가 말했다.

"그래, 알았어. 다시 함께 해 보자, 로키."

바냐가 자리에서 일어서며 말했다. 그것은 이전에 바냐가 로키를 부를 때 빠져 있던 감정이, 적어도 오늘만큼은 로키를 지켜 주겠다는 다짐이 담겨 있었다. 우정과 신뢰. 바냐는 손을 내밀어 로키를 일으켜 세웠다.

두 사람이 손을 맞잡은 그

이게
설마…

때 발 사이를 묶고 있던 구속 마법이 어둠 속에서 빛나는 게 보였다.

"이거였나? 우리를 감싸고 있던 게……."

로키는 어둠 속에서 빛나는 마법의 끈을 바라보았다. 그러다 점점 희미해지며 마법의 끈이 사라지자 바냐는 발목을 감싸던 통증이 사라지는 걸 느꼈다. 그들을 묶고 있던 저주는 바냐와 로키 스스로의 힘으로 벗어 던질 수 있었다.

그러나 그들 앞에 오우거는 여전히 붉은 눈을 번쩍이며 서 있었다.

26장
드디어 마법이 풀리다

바냐와 로키의 발에 묶여 있던 구속 마법이 희미한 빛과 함께 사라지자 둘은 자유의 몸이 되었다. 이 마법의 힘은 공기 중 원소의 형태로 변해 원래의 주인에게 되돌아갔다.

"음, 이건······."

거대한 유령 버섯 위에서 샤이아와 이야기를 나누던 마론은 이상한 낌새를 느꼈다.

"왜 그러시오? 마론 양."

"흐음, 뭔가 재미있는 일이 벌어졌군요. 그 애들이 저의 마법을 풀어낸 거 같아요."

마론이 살짝 미소를 지었다.

"그 애들이라 하면······."

샤이아가 턱을 쓰다듬으며 짐작했다.

"호호, 맞아요. 고집쟁이 여자 엘프와 제멋대로 왕자님. 하지만 신경 쓸 거 없답니다. 우린 우리의 이야기를 나눠야 지요. 마법 공학 법사들과 다크 엘프의 연합, 그리고 포포 대륙 전체에 대해서요."

"맞소. 이 세상을 좀먹고 있는 인간에게 내릴 형벌을 준비 해야 하오."

샤이아의 말에 마론은 고개를 끄덕이며 미소지었다.

붉은빛이었다. 오우거의 눈에서 뿜어져 나오는 섬뜩한 빛. 거기다 알 수 없는 뜨거운 증기가 오우거의 등과 겨드랑이 사이에서 뿜어져 나와 로키와 바냐를 불길하게 만들었다. 그렇게 대치하는 와중에 머리 위에서 삐걱이는 소리와 함께 한 줄기 밝은 빛이 비쳤다.

"왕자님, 아직 무사하시군요."

핫독이 말했다.

뒤이어 와카가 아래로 뛰어 내려와 바닥에 착지했고, 갈색곰 그리, 회색늑대 웝, 멧돼지 샤샤도 따라왔다. 핫독은 가슴에 카를 대공을 품고 로프를 타고 내려오다 바닥에 굴렀다.

"꼬마, 이야기는 위에서 다 들었다. 우리 샤샤를 돌봐줬다고? 기특하구나."

와카가 말했다.

"어허, 무엄하도다. 왕자에게 말버릇이 그게 무어냐."

로키가 호통쳤다.

"이거 생각보다 제멋대로인 꼬마네. 난 드로즈 시민이 아니니 네가 나한테 왕자 대접을 받을 생각일랑 말거라."

와카의 말에 로키는 반박할 방도가 없었다.

"이봐, 꼬마."

"적어도 이름을 부르거라. 난 로키 왕자다."

바냐는 로키의 회복력에 감탄했다. 그렇게 강한 공격을 얻어맞고도 멀쩡히 왕자 타령을 하는 데 경탄을 느꼈다.

"그래, 로키. 어쨌든 지금은 저 오우거를 쓰러트리는 게 먼저다. 그러니 밀린 이야기는 나중에 하자."

와카의 말에 로키도 고개를 끄덕였다.

"위에는 어떻게 됐어?"

바냐가 핫독에게 물었다.

"글쎄요. 아마 말해도 믿지 못할걸요. 이따가 직접 보시죠."

"그렇다냥. 직접 보아라냥."

카를 대공이 히죽이며 말했다.

눈앞의 오우거는 왕자 일행이 오손도손 모여 담소를 나누는 꼴이 보기 싫었는지 증기를 내뿜으며 일행에게 달려들었다.

"가라, 그리. 힘이라면 너도 저 녀석에게 지지 않아!"

"크아아앙."

그리가 괴성을 지르며 오우거에 맞서 달려 나갔지만, 편치 한 방에 나뒹굴고 말았다.

"뭐야? 힘에 밀리지 않는다며?"

로키가 와카를 향해 외쳤다.

"그…… 그러게? 이상한 일도 다 있네?"

로키 일행이 생각할 겨를 없이 오우거가 달려들었다. 그들은 온몸을 사용해 공격하는 오우거를 피하는 데 급급했다. 그 와중에도 카를 대공은 핫독에게 자신을 쓰다듬으라고 주문했다. 로키는 저 길고양이는 분명 정신이 나간 거라 생각했다.

"모두 정신 똑바로 차려. 이 녀석은 보통 오우거가 아닌 모양이야. 스피드를 살려 공격을 해 보자."

바냐가 외쳤다.

오우거의 뒤를 잡아 왑이 이빨 공격을 하고, 로키가 목덜미 부근에 매달리고, 바냐가 화살로 겨드랑이를, 와카가 해머로 머리통을 공격하고, 핫독은 한 손에 방패를, 다른 한 손은 여전히 카를 대공을 쓰다듬었다. 그렇게 한 폭의 그림 같은 협동 작전이 펼쳐졌고 공격은 제대로 적중했다. 머리와 겨드랑이, 목덜미, 발목을 노렸지만, 로키 일행의 희망과

다르게 오.우거는 꿈쩍도 하지 않았다. 오히려 기생충을 털어 내는 코끼리처럼 몸을 흔들어 로키 일행을 날려 보냈다.

"어이쿠야."

로키 일행은 여러 방향으로 내동댕이쳐졌다. 예상과 다른 오우거의 강력한 힘에 모두 어리둥절했다.

"이상한 일이야. 나도 산전수전 다 겪어 본 바, 오우거란 놈을 어느 정도 알고 있다고 생각했는데……. 저기 있는 놈은 내가 생각한 오우거보다 훨씬 강력한 녀석이야."

와카가 불길하게 말했다.

"저 녀석을 어떻게 무찔러야 하지?"

난감한 표정으로 로키가 말했다.

한쪽 구석에서 방패 뒤에 숨은 핫독은 계속 카를 대공을 쓰다듬고 있었다. 카를 대공은 이런 상황과 자신은 전혀 상관없다는 듯 기분 좋게 갸르릉거렸다. 그때 카를 대공이 감고 있던 두 눈을 번쩍 떴다.

"이제 때가 되었다냥."

"때가 되다니 무슨 소리니? 카를 대공."

"너의 쓰다듬기로 나의 러브 파워가 모두 채워졌다냥. 내가 이야기하지 않았느냥. 사랑은 모든 것을 능가하는 힘이 있다냥. 너의 애정 어린 쓰다듬기로 비로소 지금 그 힘이 충전되었다냥."

카를 대공이 큰 소리로 외쳤지만 오우거와 싸우느라 아무도 듣지 않았다. 설사 들었다 해도 늘 하던 대로 헛소리일 것이라 여겼을 것이었다.

"핫독, 나의 이마를 잘 보아라냥. 번개 표시가 나타났느냥?"

핫독은 카를 대공의 말대로 이마에 번개 표시가 빛나는 걸 볼 수 있었다.

"어, 빛나고 있어."

"좋다냥. 이제 나를 잡아라냥. 앞다리와 뒷다리를 잡아서 움직여라냥."

핫독은 카를 대공이 시키는 대로 할 수밖에 없었다. 카를 대공의 앞발과 뒷발을 쥔 핫독은 그 모습이 지금으로 따지자면 꼭 군인이 기관총을 든 모습과 비슷했다.

"좋았다냥. 그럼 저 오우거를 향해 나를 조준하고 '발사'라고 외쳐라냥."

핫독은 홀린 듯이 카를 대공이 시키는 대로 했다. 허풍쟁이들 말은 이상하게도 신뢰가 가기 때문이었다. 물론 대부분 실망으로 돌아오기 일쑤였다. 핫독은 로키 일행과 혈투를 벌이고 있는 오우거를 향해 카를 대공을 조준했다. 카를 대공의 이마에 번개 표시가 번쩍였다.

"발사!"

핫독이 크게 외쳤다.

그러자 카를 대공의 입이 벌어지더니…… 아무 일도 일어나지 않았다.

"뭐야? 왜 그래? 카를 대공."

핫독은 다시 발사를 외쳤다. 그러자 카를 대공은 캑캑거리더니 입에서 헤어 볼 덩어리를 뱉어 냈다.

"미안하다냥. 소화가 안 돼서……."

핫독은 카를 대공이 털을 다 뱉어 내자 다시 자세를 잡고

오우거를 조준했다. 이번에도 카를 대공의
이마에 번개 표시가 빛났다.

"발사!"

핫독이 외치자 카를 대공의 이마와 눈이 빛나며 입에서
일직선으로 번개가 뻗어 나갔다. 뿜어져 나온 번개는 일순
간 동굴의 어둠을 밝게 빛냈다. 그리고 정확히 오우거에게
날아가 꽂혔다. 번개를 맞은 오우거는 날뛰던 몸을 꼿꼿이
세운 채 움직이지 않았다.

"이거 뭐냐?"

로키가 소리쳤다.

"뭔지 모르겠지만 오우거가 치명상을 입은 거 같군."

와카가 말했다.

"한가롭게 이럴 때가 아니야. 지금이 기회야. 모두 같이
공격해!"

바냐가 뿜어져 나오는 빛에 눈을 찡그리며 외쳤다. 그 말
을 듣고 로키와 바냐, 와카, 그리, 왑, 샤샤, 그리고 핫독이

함께 오우거에게 달려들어 일격을 날렸다. 전기에 휩싸여 있던 오우거는 옴짝달싹 못 한 채 그들의 공격을 받았고 몸에서 뜨거운 증기를 한차례 뿜어 냈다. 모두의 공격에 몸이 견딜 수 없었던지 어깨가 뒤틀리고, 다리가 꼬이고, 머리통이 이리저리 제멋대로 흔들리더니 이내 굉음을 내며 폭발해 버리고 말았다.

27장
마공 법사, 모습을 드러내다

거대 개구리 등에 얹힌 이층집에서 숲의 마녀가 생각에 잠겨 있었다. 근래 찾아온 이상한 녀석들에 대한 궁금증과 호기심이 동했다.

"음, 심심한데 수정 구슬이나 봐야겠군."

마녀는 끓고 있던 솥단지 옆 서랍에서 수정 구슬을 꺼내 책상 위에 올렸다.

"미래를 보여 주는 수정 구슬아. 나의 부름을 받거라. 옛 선조들의 지혜를 내게 나누어 다오. 엘 카노 후와타 마카와!"

숲의 마녀가 주문을 외웠다. 효력은 있는 듯 보였다. 사방이 어두워지고 검은 수정 구슬에서 희미한 안개 덩어리들이 뭉쳐졌다.

"오, 그래, 그래. 잘하고 있구나. 나의 수정 구슬아. 300크로우나 주고 중고 장터에서 산 귀여운 것. 내가 알고 싶은 건 로키라는 녀석의 미래란다. 그걸 나에게 알려 다오."

어둠 속에서 마녀의 얼굴이 음침한 빛을 받았다. 짜글짜글한 그녀의 얼굴에 괴팍한 웃음이 번졌다. 수정 구슬에서 피어오른 연기는 어느새 모양을 만들고 형체를 움직였다. 희미한 로키 왕자의 모습이 보였고, 로키는 칼을 들고 전장 한가운데 있었다. 머리칼은 지금보다 길었고 얼굴도 조금 어른스레 변해 있었다. 빛나는 황금 팬티를 입은 왕자는 용맹하게 적들과 싸움을 벌이는 모습이었다. 그 옆에는 지난번 보았던 엘프와 수인인 핫독과 이름 모를 다른 몇이 함께 있었다. 그들이 상대하는 적은 엄청나게 사악한 기운을 풍

졌다. 수정 구슬 안에서 왕자와 이름 모를 것과 거대한 전투가 펼쳐졌다.

"그런데…… 사악한 기운이 하나가 아니군. 적어도 내가 보기엔 그래."

숲의 마녀가 읊조렸다.

마녀는 수정 구슬을 옆으로 치우고 자신의 매직 카드를 꺼내 점을 치기 시작했다. 포포 대륙에 사는 모든 괴물과 영웅과 신화가 섞여 있는 카드로 카드마다 고유한 의미와 상징을 담고 있었다. 로키를 떠올리며 카드로 점을 치던 마녀는 마지막 남은 카드 한 장을 바라보았다. 남은 카드를 천천히 뒤집자 거기에는 불길한 그림이 나타났다. 그것은 용의 강렬한 불길이 모든 걸 태우는 카드였다.

"뭐야? 왜 이런 카드 점이 나오는 거지? 이건 저주에 가까운 카드인데…… 그 꼬마 도대체 어떤 악연과 엮여 있는 거야."

숲의 마녀는 식은땀을 흘리고

카드를 치운 다음 그녀가 좋아하는 활력 버섯 요리를 한 그릇 먹고 일찍 잠자리에 들었다.

"내가 알 게 뭐람. 그런 꼬마 녀석. 예언이란 모든 걸 다 말해 주지 않고, 딱 들어맞지도 않지. 괜한 걱정 말고 잠이나 자자."

누군가 들으라는 것처럼 중얼거렸다.

거대한 덩치의 오우거는 마지막 괴성과 증기를 내뿜으며 그대로 폭발했다. 지하 굴 내부에 불에 탄 파편들이 뒹굴자 바냐가 마법을 쓰지 않아도 주변이 훤히 밝아졌다. 거대한 폭발에도 다행히 일행들은 다치지 않았다.

"이…… 이거, 뭔 일이야?"

로키는 황당한 듯 입을 다물지 못했다. 요즘 들어 뭔가 폭발하는 일이 자주 벌어지는 것 같았다.

"지난번과 같아."

바냐가 말했다.

"오우거가 폭발하다니……. 수많은 오우거를 봤지만, 그런 녀석은 단 한 번도 본 적이 없지. 안 그러니? 샤샤야?"

와카가 샤샤를 품에 안고 말했다. 그 뒤로 그리와 왑이 몸을 붙이고 있었다. 폭발로 인해 지하 동굴이 무너지지 않은 건 그들에겐 다행이었다.

"왕자님, 무사하시죠? 정말 놀랐습니다. 뭔가 상황이 이 상하지만, 여기서 물음표만 띄울 수 없죠. 일단 이 자리를 벗어나야 해요. 여긴 왠지 불길합니다."

두 손으로 카를 대공을 쥐고 있던 핫독이 말했다. 1급 왕 자 서비스 자격증이 있는 핫독의 말은 신뢰감을 주었다.

"핫독, 넌 걱정이 너무 많아. 뭐, 위기는 있었지만 그래도 다 해결됐잖아. 끝이 좋으면 다 좋은 거라고. 하하하."

로키가 큰 소리로 웃으며 팬티를 한 번 추켜올렸다.

바냐는 주변이 불타고 있는 오우거의 파편을 바라보았다. 그리고 가까이 다가가 그것을 자세히 살펴봤다.

"이건 기계야."

"뭐라고?"

로키가 말했다.

"우리가 방금 싸운 오우거는 살아 있는 생명체가 아니라 기계였어."

"그런 게 가능해? 누가 그런 기계를 만든단 말이야. 난 한 번도 본 적 없는데……."

"마법 공학 법사. 줄여서 마공 법사라고 불려."

바냐가 나직이 말했다.

"뭐?"

"전에 숲에서 싸웠던 정체 모를 것과 지금의 기계 오우거 모두 똑같아. 이건 기계에 마력을 불어넣어 움직이게 만든 거야."

"하지만 마법 공학 법사들은 세상에서 모습을 감췄는데……. 세상을 등지고 어딘가로 떠나 버렸다고, 나도 한동안 그들의 이야기를 들은 적이 없어. 그들이 다시 모습을 드러낸 건가?"

와카가 바냐의 말에 대꾸했다.

"자자, 걱정은 접어 두고 지금 상황을 보자고. 일단은 우리가 승리했고, 바냐의 저주 마법도 풀렸고, 숲의 마녀가 원하는 대로 고블린도 물리쳤으니 지금은 승리를 자축할 시간이야."

로키가 다시 한번 팬티를 추켜올리며 소리쳤다.

"넌 참 단순하구나. 하지만 그 점이 마음에 든다."

와카가 웃으며 로키의 등을 큰 손으로 펑펑 쳤다.

"그런데 여기 우리 말고 다른 것이 있다냥."

핫독의 품에 안겨 있던 카를 대공이 지하 굴의 한쪽 벽을 뚫어지게 쳐다보며 말했다. 카를 대공의 털이 바짝 긴장한 듯 위로 솟구쳤다.

"뭐? 넌 또 왜 이상한 소리야?"

로키는 저 고양이 허풍은 여전하구나 생각했다.

"저기 봐라냥."

카를 대공이 굴 한쪽에 무너진 벽을 가리켰다. 그 앞에 바위들이 뒹굴고 있었다. 아마도 기계 오우거가 폭발하면서 벽을 무너뜨린 것 같았다.

"저기 뭐가 있다고 그래?"

느낌이 안 좋다냥.

로키는 위기도 다 지나간 마당에 뭐가 문제인지 모르겠다며 터벅터벅 걸어서 뻥 뚫린 지하 굴의 벽으로 갔다.

"잠깐, 위험하다냥. 거기서 떨어져라냥."

카를 대공이 외쳤지만, 로키는 무시한 채 걸어갔다.

허세를 부렸지만, 벽으로 다가가면서 왕자 역시 불길한 기분에 휩싸였다. 뚫린 벽 너머로 시큼한 유황 냄새가 코를 찔렀다. 사방 전체를 긁는 이상한 울림이 느껴졌고, 그것이 점점 더 크게 들리기 시작했다. 로키는 참을 수 없는 호기심과 두려움을 동시에 느끼면서 발을 움직였다. 로키의 가슴속에 간질거리는 호기심들이 나비처럼 살아서 날뛰었다. 분명 위험하지만 거부할 수 없는 무언가가 로키를 이끌었다.

"로키, 그만둬. 그쪽으로 가지 마."

바냐가 소리쳤다.

"야, 자꾸 약골 티 낼래? 여기 뭐가 있다고 해. 내가 한번 살펴볼 테니 거기 꼼짝 말고 있어 봐."

로키는 여전히 큰소리치며 앞으로 나갔다.

뚫린 벽 앞에 당도해 고개를 들이밀고 사방을 살폈다. 이곳과 연결된 다른 동굴이 있었던 모양이었다. 하지만 왕자는 그곳에서 별다른 점을 발견하지 못했다.

"으그, 겁쟁이들. 저래서야 어디 뭔 일이나 제대로 하겠어. 항상 이 왕자님이 모든 걸 챙겨야 한다니. 피곤하네."

로키는 의기양양하게 말했다.

확인을 마친 로키는 돌아가려고 몸을 돌렸다. 그런데 어둠 속에서 무언가 스르르 움직여 로키의 등 뒤로 나타났다. 조금 전 오우거에게 느꼈던 기운과는 전혀 다른 것이었다. 로키의 등 뒤에 나타난 그것은 더욱 강력하고 거대한 기운을 내뿜었다.

"로키!"

바냐가 로키 뒤에 나타난 무언가를 보고 소리쳤다.

"왕자님, 거기서 얼른 피하세요."

핫독이 소리쳤다.

로키의 얼굴에서 땀이 비 오듯 흘러내렸고 두 다리가 벌벌 떨렸다. 로키는 본능적으로 자신의 뒤에 얼마나 커다랗고 무서운 존재가 있는지 알았다.

"용이다!"

와카가 로키의 등 뒤에 있는 것을 보고 소리쳤다. 그 소리에 놀란 로키는 천천히 고개를 돌려 불멸과 재앙의 존재를 마주했다.

28장
용의 뜨거운 숨결

한편 밴드 국왕은 글로리 홀 가운데 서 있었다. 다섯 개의 둥근 기둥이 받치고 천장이 높게 솟은 글로리 홀은 드로즈 왕국의 영광스러운 순간을 기록하기 위해 만들어진 공간이었다. 드로즈 왕국으로 국호를 개명하기 이전, 베이리얼 왕국 시절부터의 역사가 기록되어 있었다. 각 기둥마다 영광의 순간들이 음각으로 기록되어 있었다.

밴드 국왕은 모험을 떠난 아들 로키를 떠올리며 생각에 잠겼다. 아들을 둘러싼 불길한 저주를 막을 방법과 자신의 어리석음을 떠올리자 한시도 가만히 있을 수 없었다. 왕자를 위해서라도 하루빨리 그 괴물을 다시 물리쳐야만 했다. 하지만…….

여기까지 생각이 미친 밴드 국왕은 눈앞의 초상화를 바라보았다. 글로리 홀 창으로 비치는 햇살 속에 거대한 초상화가 놓였고, 그 안에 지금보다 조금 젊은 국왕 자신과 사랑하는 아들 로키, 그리고 그 옆에 아름답고 인자한 왕비가 그려져 있었다. 밴드 국왕은 그림으로 조금 더 다가가 손을 들어 초상화를 어루만졌다.

"왕비, 그 아이도 이제 열 살이 넘었다오. 하지만 여전히 당신을 필요로 하고 있소. 내 앞에서 점잖은 척하지만, 아직 어린아이라오. 걱정이 이만저만 아니오. 당신이 곁에 있다면 얼마나 좋을까. 무엇이 그리 급해서 내 곁을 떠나셨소. 당신의 강철 같은 굳건함과 불처럼 타오르던 열정이 그립소."

밴드 국왕은 왕비의 초상을 쓰다듬으며 나직이 말했다.

용은 포포 대륙에 사는 모든 생물 중 가장 위험하고 신비한 종이었다. 인간과 엘프, 괴물과 정령과 반신들 모두 용을 두려워했다. 용은 오직 고고히 자신들만의 영역을 지키고, 그 안으로 들어오는 자들을 멸하였다. 사람들은 그런 이유로 용이 흉악하다 했지만, 자신의 영역에 침범하는 걸 극도

로 싫어할 뿐이었다. 용의 영역으로 들어가 살아남은
자들이 없었고, 모두 한 줌의 바삭한 튀김으로 변했다. 오랜
세월이 지나면서 용의 출현은 점점 줄어들어 이제는 그저
용의 비늘을 보며 그 존재를 떠올릴 뿐이었다. 지금 그러한
전설의 존재가 로키의 코앞에 나타난 것이다.

"어?"

로키는 자신의 두 눈을 의심할 수밖에 없었다. 앞서 이야
기한 대로 환상의 생물인 용이 자신의 앞에 있었
다. 용은 푸른빛의 눈을 가지고 있었다. 날카
로운 긴 얼굴과 뾰족한 뿔 두 개, 두꺼
운 목. 용은 앞발을 꼬고 크고 검은
날개를 접은 채 로키를 노려보고
있었다. 몸 크기는 방금 전 상
대했던 오우거를 갓난아
기로 보이게 할 만큼
거대했다.

"정말 용이네! 저런 게 왜 여기 있는 거야?"

로키가 마른침을 꿀꺽 삼키고 용을 바라보자 용도 로키를 쳐다보았다.

"왕자님, 거기서 움직이지 마세요. 용은 자신의 영역을 침범한 자를 모두 적으로 간주합니다."

핫독이 소리쳤다.

"혹시 내가 서 있는 곳은 용의 영역이 아니지 않을까?"

"그건 아니겠죠. 여긴 용의 영역이 확실합니다."

"핫독! 네 말은 나에게 전혀 위로가 안 된다는 사실을 알아? 그럼 이 용이 나를 공격할 확률은……."

로키가 식은땀을 흘렸다.

"매우 높죠."

핫독이 외쳤다.

"로키, 그래도 섣부른 행동은 하지 마. 최대한 용을 자극하지 말라고. 팬티를 만지는 그런 행동."

바냐가 소리쳤다. 와카 역시 그 말에 동의했다.

로키의 코에 유황 냄새가 났다. 이 냄새는 용의 입에서 흘러나오는 것 같았다. 로키는 독한 유황 냄새에 용은 양치질을 싫어하는 것 같다고 생각했다. 로키는 최대한 천천히 움직이며 손을 들어 용에게 하트 모양을 만들었다. 한쪽 눈을 찡긋하고 하트를 날리며 자신은 용에게 적의가 전혀 없다는 걸 증명하려 했다.

"용아, 너 기억나지? 어릴 적 우리 옆집 살았던 거. 그때 우리 참 친했는데 말이야."

로키가 말했다.

"저 말 진짜냥?"

카를 대공의 물음에 핫독이 고개를 도리질했다.

"저게 무슨 황당한 짓이냐?"

와카가 물었다.

"아마도, 용에게 친한 척하는 거겠죠?"

출처를 알 수 없는 로키의 행동에 핫독이 대답했다.

"여러모로 대단한 인간이다냥."

카를 대공이 감탄하듯 로키의 행동을 바라봤다.

그리고 그 행동이 용의 심기를 거스르지 않기를 바랐다. 하지만 세상 모든 일이 자신이 바라는 대로 이루어지지 않는다는 걸 우리는 잘 알고 있다. 로키의 우스꽝스러운 행동을 가만히 지켜보고 있던 용의 입꼬리가 살짝 올라갔다.

"야, 다들 봤지. 용이 내 진심을 알아줬나 봐. 미소를 짓고 있잖아."

로키가 일행을 뒤돌아보며 외쳤다. 그러나 용의 입은 점점 더 벌어졌다. 그러자 유황 냄새가 더욱 심하게 번지며 어둠이 드리워진 용의 목구멍 깊은 곳에서부터 작은 불꽃이 튀어 올랐다.

"로키, 당장 거기서 피해!"

바냐가 다급하게 소리쳤다.

"뭐? 그럼 용이 놀라서 우릴 공격할 거야."

"그게 아니야. 지금 용이 브레스를 뿜을 거야."

"뭐라고!"

로키가 놀라 뒤돌아 용을 쳐다봤다. 용의 목구멍에서 빛나던 작은 불빛이 순식간에 굵은 불꽃으로 변해 뿜어져 나왔다. 달리 무슨 생각을 할 새도 없이 용이 뿜어낸 브레스가 굉음을 내며 순식간에 로키를 집어삼켰다.

"왕자님!"

"로키!"

일행들은 순식간에 벌어진 상황에 놀라 큰 충격을 받았다. 용의 입에서 뿜어져 나온 불길의 세기와 양을 봐서는 그 주변에 있던 어떤 생물도 살아남기 힘들어 보였다. 지하 굴 안은 용이 뿜어낸 브레스의 열기로 가득했다. 핫독은 방패로 일행들을 감싸며 불길을 피했다. 그들은 로키가 엄청난 화염에 휩싸인 걸 믿을 수 없었다.

29장
왕자님, 정말 끈질기시네요

길게 내뿜던 브레스가 점차 줄어들고 용의 긴 숨도 멈췄
다. 주변이 온통 뜨거운 증기로 가득 차 한 치 앞도 분간하
기 어려웠다.

"드디어 용이 브레스를 멈췄습니다."

방패를 들고 있던 핫독이 말했다.

하지만 더 급한 것은 로키 왕자를 찾는 것이었다. 비록 장
작 구이처럼 바싹 탄 모습일지라도 충직한 시종 핫독이 가
장 먼저 해야 할 일이었다.

"이 일을 어쩌면 좋단 말이야. 로키 왕자님이……."

"안된 일이지만 어쩔 수 없다냥. 왕자는 이미 까맣게 타
버렸을 것이다냥."

카를 대공이 한마디 했다.

뜨거운 증기가 가라앉자 바냐는 사방을 살폈다. 하지만 바냐는 저 불길 속에서 어떤 것이 살아남을 수 있을까 생각했다. 바냐는 손에 주문을 걸어 어둠을 밝혔다. 자욱한 연기 속에서 털 볶는 고소한 냄새가 진동했다. 그리고 잠시 후 어둠 속에 무언가를 발견했다.

"저기⋯⋯."

바냐가 손으로 한 방향을 가리켰다.

연기가 걷힌 그곳에 사람의 그림자가 보였다.

"으으으⋯⋯."

바냐를 비롯한 일행들의 시선이 일제히 어둠 속 실루엣으로 쏠렸다.

"으아아! 뜨거워!"

소리를 지른 것은 다름 아닌 로키였다. 비록 온몸이 검게 그을리긴 했지만, 로키는 분명 살아 있었다. 게다가 방방 뛰면서 머리와 엉덩이에 붙은 불길을 끄고 있었다. 이전과 다른 것은 옷이 몽땅 불에 타 버려 벌거벗고 있다는 점이었다. 로키가 입고 있던 두 장의 팬티 중 한 장은 용의 불꽃에 타 버렸고, 금색 팬티 하나만을 착용한 채였다. 팬티를 금색으로 만들어 입는 것은 굉장히 독특한 취향이라 할 수 있었다.

"이 예의 없는 용가리 놈아. 무슨 예고라도 하고 불을 뿜든지 해야지. 다짜고짜 브레스를 쏘면 어쩌란 말이야! 그리고 너 때문에 내 팬티 두 장 중 하나가 홀라당 타 버렸잖아!

내 실크거미 털 팬티가……."

로키가 소리쳤다.

바냐는 자신의 두 눈을 의심했다. 용의 불꽃은 바위를 녹이고 다이아몬드를 물로 만들 정도로 강력했다. 엘프들 역시 용을 본다면 싸우지 말고 그대로 물러서야 한다고 배웠다. 그런데 지금 눈앞에 있는 저 아이가 엄청난 화염 속에서 멀쩡히 살아 있고, 거기다가 여전히 바보 같은 소리를 떠들고 있다는 게 바냐는 믿기지 않았다.

"쟤 어렸을 때 뭐 잘못 먹었냥?"

카를 대공의 말에 핫독은 그럴지도 모른다고 생각했다. 앞서도 말했지만 핫독은 로키가 이제껏 한 번도 아픈 걸 본 일이 없었다. 심지어 감기에 걸리거나 몸에 작은 생채기 하나 난 적 없었으니 심히 의심스러울 정도로 건강했다.

놀란 것은 바냐 일행뿐만이 아니었다. 로키에게 브레스를 뿜었던 용 역시 로키의 멀쩡한 모습을 보고 두 눈이 휘둥그레졌다. 용은 고래고래 소리 지르는 로키를 보고 목을 한껏 부풀려 다시 한번 브레스를 뿜을 준비를 했다. 그러나 브레스를 뿜기 전에 멈춰 로키를 자세히 바라봤다.

"또 불을 뿜으려나 봐요. 우리 다 죽게 생겼네요."

핫독이 외쳤다.

"아니, 뭔가 좀 이상한데⋯⋯."

와카가 말했다.

드루이드는 동물의 표정으로 마음을 읽는 데 능했다. 용을 바라보며 이미 아까와 같은 공격성이 옅어지는 걸 알 수 있었다.

부풀었던 용의 목이 천천히 작아지더니 로키를 보고 입가에 미소를 지었다. 용의 심정을 알 수 없었지만 확실한 건 눈앞의 인간들을 공격할 마음이 사라진 것 같았다.

"아이고, 내 꼴 좀 봐. 팬티 한 장 달랑 걸치고 창피해 죽겠네. 내 옷을 다 태워 먹다니. 일국의 왕자에게 이런 무례한 짓을 하다니. 내가 지금은 봐줄 마음이 있지만, 한 번 더 불을 뿜으면 그땐 정말 나도 참지 않을 거야."

"불을 뿜으면 어떻게 할거냐옹?"

"화낼 거야."

로키의 말에 카를 대공이 혀를 끌끌 찼다.

용은 거대하고 육중한 몸을 자리에서 일으켰다. 그러자

동굴 벽이 울리고 천장에서 바위들이 굴러떨어졌다. 지진이 일어난 것처럼 바닥이 흔들리자 로키 왕자 일행은 벽을 잡고 버티었다. 용이 자리에서 일어나 거대한 날개를 활짝 폈다. 그리고 제자리에서 날개를 흔들더니 굴을 뚫고 지상으로 날아올랐다.

"용이 떠나려나 봐요."

먼지와 바위 구덩이 속에서 핫독이 말했다.

"모두 조심해요. 동굴이 무너질지도 모르겠어요."

바냐가 소리치며 굴러오는 돌들을 피했다. 용이 떠나며 로키를 쳐다보자 로키는 여전히 소리치고 있었다.

"야, 그냥 가냐? 불태워 먹은 내 팬티 물어내고 가!"

바위 몇 개가 굴러 로키의 머리에 떨어졌지만, 로키는 겨우 '어이쿠' 할 뿐 계속 화를 냈다. 바냐는 로키가 화염 속에서 머리가 어떻게 된 게 아닐까 걱정되었다.

'걱정? 내가 인간을……. 언제부터 저 밉살스러운 아이를 걱정했지.'

한차례 진동과 뿌연 먼지를 남긴

채, 용은 지상 위로 날아가 버렸다. 그리고 용이 떠날 때 남기고 간 커다란 구멍에서 햇살이 비춰 들어 지하 동굴을 환하게 밝혔다. 이 이상하고 수수께끼 같은 원정이 어느 정도 정리가 되어 가는 듯 보였다.

"악! 너 나 쳐다보지 마. 이봐 누구 아무거나 걸칠 것 없어. 내 멋진 몸매를 감상하지 말라고. 한 번 보는 데 100크로우야!"

로키는 분위기 파악을 못 한 채 여전히 씩씩대기만 했다.

핫독이 재빠르게 긴 외투를 로키에게 건넸다.

"왕자님, 정말 끈질기시네요."

"너, 말이 이상하다."

"제 말은 그러니까…… 건강하시단 말입니다. 다행스럽게도."

"하여간 내 멋진 몸매를 보지 마. 어, 너 엘프, 100크로우 당첨!"

로키가 소리쳤다.

바냐는 콧방귀를 뀌고 굴의 입구를 향해 걸어갔다.

30장
임무 끝. 각자의 길로

굴 밖으로 걸어 나온 로키 일행은 주변을 살폈다. 처음 왔
을 때와 다르게 굴은 엉망으로 깨지고 무너져 형편없는 모
습이었다. 고블린들의 흔적은 이미 사라지고 없었다. 강자
에게 굴복하는 고블린의 특성상 패배를 받아들이고 모두 줄
행랑을 친 듯 보였다.

"후아, 격렬한 전투의 흔적이로군."

로키가 말했다.

"그런데 왕자님, 어떻게 된 일입니까?"

핫독이 물었다.

"뭐가?"

"어떻게 그 불길 속에서 멀쩡할 수 있냔 말입니다."

"그러니까 네 말은 내가 그 불에 바싹하게 구워졌어야 맞다는 거잖아."

"왕자님은 남의 말을 나쁜 쪽으로 해석하는 놀라운 재주가 있으시네요."

핫독이 투덜댔다.

"글쎄, 난들 아나. 처음에는 엄청 뜨거웠는데 조금 지나니까 견딜 만하더라고. 그나저나 팬티를 두 장째 없애 먹었네. 아바마마께 혼나겠는걸."

굴의 입구로 걸어 나온 일행은 다시 한번 차분히 주변을 확인하고, 죽음에서 돌아온 기쁨으로 만면에 미소를 지었다. 와카는 샤샤를 끌어안고, 갈색곰 그리는 불에 살짝 그을린 샤샤의 엉덩이 냄새를 킁킁거리며 맡았다. 회색늑대 왑도 샤샤를 핥아 주었다.

"그나저나 고블린들은 다 처리한 거지? 수가 꽤 많았는데 어떻게 한 거야?"

로키가 말했다.

"아까는 급해서 말씀드리지 못했는데 그게……."

핫독이 얼버무렸다.

"내가 처리했다냥."

카를 대공이 의기양양하게 소리쳤다.

"뭐라는 거냐? 저 길고양이가."

카를 대공이 꼬리를 공중으로 치켜올리자 숲속 나무와 풀더미 사이에서 반짝이는 눈들이 나타났다. 그러더니 재빠른 몸놀림으로 하나둘씩 튀어나와 카를 대공 앞에 무릎을 꿇었다.

"대공, 명을 받잡습니다냥."

"이건 또 뭐야?"

로키가 놀라서 소리쳤다.

핫독이 안고 있던 카를 대공 주위로 수많은 고양이가 모

여들었다. 고양이들은 하나같이 갑옷과 솜털 검으로 무장한 채 카를 대공 앞에 고개를 조아리고 있었다.

"내가 말하지 않았느냐옹. 나는 지체 높은 카오칸국의 귀족이다냥. 내가 없어지자 나를 찾던 부하들이 때마침 나타나 고블린들을 쫓아냈다냥."

카를 대공은 만족스러운 웃음을 지으며 말했다.

"와, 그럼 길고양이가 아니었네. 어쩐지 귀티가 나더라니."

로키가 말했다.

"왕자님, 언제는 길고양이라고 하더니요."

"핫독, 자세히 봐 봐. 길고양이가 저렇게 살찐 거 봤어?"

"그거 욕이냐옹?"

카를 대공이 묻자 로키는 고개를 저었다.

바냐는 이제 로키와 떨어져도 다리의 통증이 없는 것을 확인하고 기뻐했다. 바냐가 하루빨리 풀어야 할 임무에 집중할 수 있다는 게 다행스러웠다. 그러나 떠나야 한다는 생각에 바냐 자신도 알 수 없는 아쉬움이 들었다.

"이제 우리의 마법은 풀린 거지?"

로키가 바냐를 보며 말했다.

"그래. 이제 우리는 자유야."

"다행이네. 그런데 방금 벌어진 일은 도대체 뭐지? 고블린과 마법 공학 법사가 만든 오우거, 도대체 그 녀석들이 어떤 관계인 거야? 거기다 용까지 만나고……. 뭔가 대단한 일에 얽힌 느낌인데. 넌 뭔가 아는 게 있어?"

로키가 말했다.

"나의 임무는 하이 엘프와 분열된 다크 엘프를 추적하는 것이었어. 그 와중에 다크 엘프가 마법 공학 법사들과 은밀히 접촉하고 있다는 사실만 알고 있었지. 그래서 처음 숲에서 본 기계 괴물을 보고 뭔가 불길했는데……. 중요한 건 그 두 집단이 뭉쳐 포포 대륙을 위험에 빠트리려 한다는 거야. 자연계와 인간계 모두를."

바냐는 걱정스러운 듯 말했다.

"그건 네가 바삐 움직여야 한다는 뜻이겠네."

로키가 말했다.

"그래, 맞아."

드루이드 와카는 샤샤를 무사히 찾아 기뻐했다. 그의 동물들, 갈색곰 그리, 회색늑대 왑, 멧돼지 샤샤를 데리고 다시 깊은 숲으로 돌아갈 준비를 마쳤다.

"어이, 꼬마. 우리 샤샤를 잘 돌봐줘서 고마웠어. 네가 불에도 죽지 않는 게 이상하지만 언제든 도움이 필요하다면 블라드니르 숲의 나를 찾으라고."

바이 바이

와카가 말했다.

"흠, 알겠어. 도와줘서 고마워, 아저씨. 무사히 샤샤를 만나서 다행이야."

샤샤를 보고 통돼지 바비큐를 떠올리던 로키가 말했다. 와카는 손을 흔들면서 안녕을 고했다.

넷은 껄껄거리며 서로 얼싸안고 숲 깊숙이 사라졌다.

"나도 떠나야겠다냥."

카를 대공이 말했다.

카를 대공은 핫독의 품에서 나와 부하 고양이들이 끄는 화려한 가마에 올라탔다. 가마 한쪽에서 아주 예쁘게 생긴 고양이가 방석 위에 누운 카를 대공을 핥았다.

"이제 나도 나의 동료들을 만났으니 가던 길 간다냥. 재밌는 모험이었다냥. 그리고 핫독. 자네에게 감사한다냥. 자네의 진심 어린 손길이 아니었다면 나의 찌릿찌릿 에너지가

헛둘 헛둘

충전되지 않았을 것이다냥."

카를 대공의 감사에 핫독은 고개를 끄덕였다.

"그럼 떠난다냥. 잘 지내라냥. 그리고 꼬마, 팬티 보인다냥."

이 말을 하고 카를 대공은 부하들이 끄는 가마를 타고 사라졌고, 로키는 급히 옷매무새를 매만졌다.

길지 않은 시간이었지만 함께 원정을 떠났던 친구들이 하나둘 떠나자 뭔가 시원섭섭했다. 로키는 그들을 그리 좋아하지 않았지만, 그들과 함께한 시간의 틈바구니를 우정이 메꾸고 있다는 걸 느꼈다. '세상에 나쁜 팬티는 없다, 다만 구멍 난 팬티만 있을 뿐이다.'라는 말처럼 돌이켜 보면 꽤 괜찮은 모험이었고, 동료들이었다. 고개를 돌려 보니 이제 남은 것은 바냐 혼자였다.

로키와 핫독, 바냐는 잠시 그 자리에 서 있었다. 그들은 이다음에 벌어질 일을 알았지만 잠시 이대로 있고 싶었다.

"이제……."

바냐가 입을 열었다.

"너도 가야 한다는 거지?"

약골이니까 몸 조심해.

"그래."

로키는 바냐 앞으로 걸어가 손을 내밀었다.

"다리의 마법이 풀려서 다행이다. 네가 맡은 임무가 뭔지 모르겠지만 꼭 완수하길 바랄게."

로키가 웃으며 말했다.

"약골이라 좀 걱정이긴 하지만 그래도 넌 잘할 거야, 바냐."

바냐는 로키가 내민 손을 잡았다. 그동안 벌어진 이상한 일들이 떠올랐다. 로키의 잠꼬대와 이상한 팬티와 자신을 도와주려고 오우거에게 몸을 날린 일 등. 그 모든 걸 바냐는 어떤 한 단어로 표현하기 힘들었다. 그러나 바냐에게는 남겨진 임무가 있었고 언젠가 다시 로키를 만날 날이 있을 거라 생각했다.

"그래, 너도 몸조심해. 운명이 허락한다면 너와 다시 연결되겠지. 그때까지 안녕."

바냐는 악수를 마치고 몸을 돌렸다.

이제 정오를 지나 오후의 햇살을 뚫고 바냐는 수풀이 우거진 방향으로 걸어갔다.

"이대로 끝이 아니겠지? 다시 만날 수 있는 거지?"

로키가 멀어지는 바냐에게 소리쳤다. 바냐는 잠시 자리에서 멈춰 서 있다 로키를 쳐다봤다.

"언젠가……."

바냐가 미소 지었다.

로키와 만난 이후 처음으로 웃으며 말했다. 로키가 꿈속에서 말하던 사랑하는 사람을 떠올리게 하는 그 미소였다. 냉철한 바냐가 이런 모습을 보인 것은 이례적이었다. 바냐는 미소를 남긴 후 울창한 숲으로 쏜살같이 사라졌다.

"후아, 왕자님. 대단한 모험이었어요. 고블린에 기계 오우거. 거기다 무시무시한 용까지 만나다니요. 왕자님이 죽지 않고 이렇게 버티시다니 정말 감개무량합니다."

핫독이 말했다.

"그래, 이번 모험도 꽤나 재밌었어. 세상은 넓고 다양한 존재와 사건이 있구나. 아직 내가 배워야 할 게 많은 것 같아. 그래도 좋아. 천천히 세상을 탐험하고 친구를 만들고 악당들을 물리치는 거야. 그럼 아바마마와 돌아가신 어마마마, 그리고 드로즈 백성들이 날 위대한 왕으로 인정해 줄 거야. 그런 날이 어서 왔으면 좋겠어. 안 그래, 핫독?"

"그럼요, 왕자님. 일단 팬티나 좀 잘 가리시고 궁으로 돌아가시죠. 옷 위에 입었을 땐 드로즈라고 우겨도 홀딱 벗은 채니까 영락없이 팬티로 보이네요."

핫독의 말에 따라 로키는 외투를 다시 여미고 근처에 있던 롤리를 찾아 올라탔다.

"자, 이제 드로즈 왕국으로 돌아가자."

로키가 롤리의 배를 걷어차자 롤리가 짜증을 내며 출발했다.

로키를 둘러싼 또 하나의 모험이 막을 내리고 있었다.

한편 로키 왕자의 팬티 두 장 중 하나가 불에 타던 순간, 멀리 드로즈 왕국 북쪽 지방에서 커다란 덩치에 강철 같은 털을 지닌 무언가가 멈춰 섰다. 그것은 큰 뿔이 자란 머리를 위로 들고 코를 킁킁대며 공기 중에 무언가의 냄새를 찾았다.

"더 강해졌어. 이 냄새……."

큰 뿔을 머리에 단 덩치가 찢어진 입으로 미소 짓고 있었다.

3권에 계속

작가의 말

안녕하세요. 원정대 여러분.

기나긴 겨울을 지나 포포 대륙에 봄이 찾아왔습니다. 〈드로즈 왕국 원정대〉 시리즈 두 번째 이야기 《숲의 마녀와 마공 법사》에서는 로키가 자신과 연결된 하이 엘프 바냐와 모험을 떠납니다. 로키와 바냐는 정체불명의 기계 마수와 말썽꾼 고블린, 괴팍한 숲의 마녀와 만나지요. 물론 제멋대로인 로키가 원한 모험은 아니었지만, 왕자는 모험으로 다시한번 성장할 것입니다.

로키 역시 어리광을 부리지 않고, 밴드 국왕과 백성들의 기대에 부응하려 노력하는 모습을 보입니다. 어려움 앞에 일국의 왕자답게 행동한다고 할까요. 이런 로키의 변화된 모습은 대견하기까지 합니다.

이번 원정도 성공하는 듯 보이지만 포포 대륙과 로키를 둘러싼 의문은 여전히 남아 있습니다. 용의 불길에도 멀쩡한 로키, 국왕의 젊은 시절에 벌어진 비밀스러운 사건, 여전히 의심스러운 핀도로, 다크 엘프와 연합하는 수상한 마법사와 로키를 향해 다가오는 검은 그림자까지. 아직 베일에 싸인 많은 것들이 원정대 여러분을 기다리고 있습니다. 무책임한 작가인 저 역시 두근거리며 이야기보따리를 풀어 갈 생각입니다. 로키의 여정이 한껏 펼쳐질 그날을 그리며 저는 다시 작업에 매진해야겠습니다.

겨울 마녀가 잠에서 깨어날 계절입니다. 원정대 여러분 모두 건강하고 활기찬 겨울 보내시기를!

방랑 작가 미스터 K